Giulia Lehner

Ein Leben als Wolf

Ab in die Wildnis

Giulia Lehner

Ein Leben als Wolf

Ab in die Wildnis

Roman

Edition
Tips

Texte und Grafiken: Giulia Lehner
Grafik und Layout: Michaela Kraus
Druck und Bindung: kb-offset Kroiss & Bichler GmbH & CoKG, 4844 Regau
Printed in Austria
ISBN: 978-3-85358-023-3

Auflage 2016: 2.000 Stück

Inhaltsverzeichnis

Die Charaktere

Bella

Nico

Lola

Kevin

Silbertiger

Himmelwolf

Schattenwolf

Mordwolf

1 Matheschularbeit

„Neee! Matheschularbeit? Das überlebe ich nicht!“ Bella war gerade dabei, sich anzuziehen. Sie hatte seidig braune Haare, die sie offen trug, und strahlend blaue Augen. Ihr Blick fiel auf ihren Wochenkalender, auf dem stand

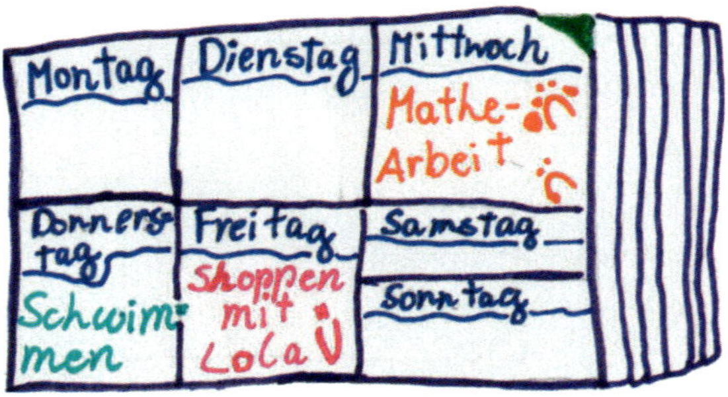

Leider war heute Mittwoch. Bella hatte nichts gelernt. Als 13-Jährige kann man das schon mal vergessen. In hellblauer Bluse und grauer Hose trat sie aus ihrem Zimmer. Ihr Vater war schon außer Haus. Er arbeitete in einer Turnschuhfabrik. Ihre Mutter Sandra schrieb elendslange Bücher.
„Morgen, Bella!“, rief Sandra, als das Mädchen herunterkam.
Bella seufzte „Morgen“ und verschwand in der Küche. Sie kippte ein paar Müsliflocken in eine Schüssel und setzte sich. Die nächsten Minuten vergingen schweigsam. Bella schob sich einen Löffel Müsli nach dem anderen in den Mund. Es war schon 7 Uhr, sie musste sich beeilen.

Sie verabschiedete sich von ihrer Mutter und schwang ihren Rucksack auf den Rücken. ‚Na toll, der Tag fängt ja gut an', dachte Bella wütend. Es regnete in Strömen und ihre Kapuze wurde pitschnass.
Bella fuhr jeden Tag mit dem Bus in die Schule. Während sie auf den Bus wartete, stand neben ihr ein Junge mit Hippieperücke, Lederjacke, kurzer Hose und einer Flasche Sekt in der Hand. Er sah wirklich komisch aus. Als sie in den Bus stieg, entdeckte sie gleich vorne einen freien Platz. Der Busfahrer drehte die Musik so laut auf, dass es schallte.
In der Schule angekommen, warteten ihr Freunde schon auf sie: Lola, Nico und Kevin. Lola war ihre beste Freundin und hatte lange blonde Haare. Nico war manchmal echt komisch und hatte kurze hellblonde Haare. Kevin war ... super und sah immer toll aus. Seine braunen Haare gefielen Bella. Er war einfach cool.
„Hallo Bella!", rief Lola.
Von Nico kam nur ein „Hi!".
Lola fragte Bella, warum sie so genervt aussah. Bella erzählte ihr, dass sie die heutige Matheschularbeit vergessen hatte.
Nico sagte spaßhalber: „Du schreibst eine Fünf und unser Lehrer Herr Leberwurst wird dich loben!" Bella sah ihn wütend an, obwohl sie wusste, dass Nico nur scherzte.
„Herr Leberwerst", korrigierte Kevin lachend.
Die Freunde liefen in die Klasse. Die Mädchen saßen in der letzten Reihe und die Jungs ganz vorne. Herr Leberwerst kam gut gelaunt und grinsend ins Klassenzimmer. „Nehmt die Mathehefte heraus, wir haben jetzt Matheschularbeit, hoffentlich könnt ihr noch Bruchrechnen!"
Die Arbeiten wurden ausgeteilt. Bellas Magen krampfte sich zusammen. Sie zitterte und blickte dabei auf den Zettel. Es gab zehn Aufgaben.

„Viel Glück!", flüsterte Lola Bella zu.
Das konnte ja heiter werden, so ganz ohne Lernen.
Nach 30 Minuten hatte Bella es bis zu Nummer vier geschafft. Frohen Mutes begann sie mit Nummer fünf, doch die Aufgabe war nicht so leicht wie gedacht. Nach mehreren Fehlversuchen gab sie schließlich auf.
„Stopp, legt eure Stifte weg!", rief Herr Leberwerst.
Verdammt! So ein Mist! Bella war so wütend, dass sie sich am liebsten den Kopf abgerissen hätte. Sie wusste sofort: Sie hatte es versaut.

2 Das Maul

In der nächsten Stunde hatten sie Englischunterricht. Die Lehrerin kam herein und begrüßte die Kinder. Hinter den beiden Mädchen saßen Kai und Rocko, die zwei Nervensägen. Die Buben flüsterten die ganze Stunde, bis Bella sich endlich umdrehte und genervt zischte: „Jetzt seid doch endlich mal still!“ Die beiden blickten überrascht auf.

Als die sechs Unterrichtsstunden vorbei waren, läutete die Schulglocke zur Mittagspause. Kevin und Nico warteten vor der Schulbar auf die beiden Mädchen.

„Lust auf einen Drink? Ich muss euch was erzählen“, sagte Kevin. Wie die anderen hatte auch er schlechte Laune.

Die vier Freunde setzten sich an einen Tisch neben der Bar. „Ich hasse mich, ich habe bestimmt eine Fünf!“, sagte Nico und sah wütend auf den Boden. In dem Moment kam die Kellnerin. Sie hatte pechschwarze Nägel und eine Pudelfrisur. Dazu trug sie einen roten Overall. Die Kinder bestellten zwei Cola und zwei Orangensäfte mit Eiswürfeln.

Als die Frau weg war, sagte Kevin: „Ich bin bald einen Kopf kürzer und kann mir einen Hund abschminken, ich habe nämlich nur fünf Aufgaben geschafft, und davon ist eine falsch.“ Er ließ wie die anderen den Kopf hängen.

„Was? Einen Hund? Du? Welchen denn?“, fragte Lola erstaunt. Auch Nico und Bella sahen überrascht auf.

„Einen Schäferhund.“

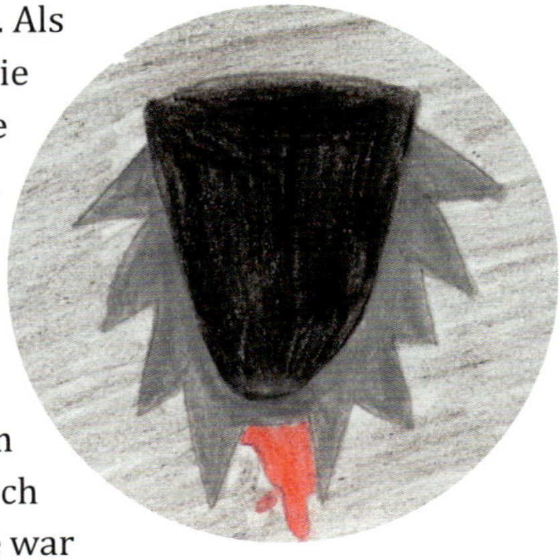

Danach war es eine Weile still. Als Bella fragte, was wäre, wenn sie alle eine megaschlechte Note geschrieben hätten, seufzten ihre Freunde.
Nach der Schule rannte Bella nach Hause. Schnaufend öffnete sie die Tür, zog ihren Mantel aus und ging hinauf in ihr Zimmer. Dort ließ sie sich erleichtert aufs Bett fallen. Sie war todmüde. Allmählich fielen ihr die Augen zu und sie träumte …
Es war stockdunkel. Nur der Mond war zu sehen und um sie herum wuchsen dichte Bäume. Vor ihr war ein kleiner zerklüfteter Berg. Auf einmal tauchte vor ihrer Nase ein riesiges Maul mit spitzen Zähnen auf. Plötzlich hörte sie ein durchdringendes Heulen. Es war laut und erschreckend. Sie zuckte zusammen. Danach rannte sie um ihr Leben. Schließlich fiel sie auf den Boden, der von weißen, spitzen Steinen bedeckt war. Das Maul war ihr immer noch auf den Fersen. Sie entdeckte eine Wunde an ihrem Bein. Schon hatte das Maul sie erreicht und – wumm! – fiel sie aus dem Bett.
Schweißgebadet und immer noch voller Angst wachte Bella auf. Sie sah auf ihr schmerzendes Knie. Oh Gott! Waaaaas? Das war ja seltsam. Wurde sie etwa verrückt? Da auf dem Knie war genau der Kratzer, den sie im Traum abbekommen hatte. Bella konnte es nicht glauben. Wie konnte das sein?

3 Ertrunken?

Am nächsten Tag war Bella sich sicher, dass sie verrückt wurde. Grübelnd fuhr sie mit dem Bus zur Schule. Heute hatten sie Schwimmunterricht. In der Klasse stellten sich die Kinder in Reihen auf und gingen ins Freibad. Bella lief neben Lola her. Sie hatte noch keiner Menschenseele von ihrem Traum erzählt.

„Ich freue mich schon so aufs Schwimmen. Ich habe auch einen neuen Badeanzug!“, sagte Lola erfreut.

„Toll!“, erwiderte Bella.

Im Freibad angekommen, wurde der Himmel gräulich und Bella zog sich ihr Badeoutfit an: einen hellblauen Bikini und einen Baderock mit Rüschchen. Heute mussten sie als Erstes einen Kopfsprung machen. Die Buben stellten sich auf Hocker A und die Mädchen sprangen von Hocker B. Kevin machte einen perfekten Kopfsprung. Bella konnte nur staunen, denn sie brachte nicht einmal einen schlechten zustande. Nur noch zwei Mädchen, dann war sie an der Reihe. Mareike vor ihr machte fast einen Überschlag. Bella schnappte Luft und sprang. Es fühlte sich nicht wie ein Kopfsprung an, sondern wie eine Arschbombe.

Das Wasser war eiskalt. Unten angekommen, öffnete sie die Augen. Doch sie sah kein Blau, sondern … die spitzen Zähne und das Maul. Vor Schreck öffnete sie den Mund und schluckte eine Menge Wasser. Danach bekam sie einen Krampf im Bein. Oh nein! Sie bekam keine Luft mehr und versuchte, an die Oberfläche zu

kommen, aber vergebens. Sie war gefangen. Ihr Bein schmerzte, das Maul öffnete sich weit und ihre Kehle schnürte sich zu. Sie dachte: ‚Jetzt werde ich ertrinken!' Dann fiel sie in Ohnmacht und alles um sie herum wurde pechschwarz. Nun musste sie sich keine Gedanken über ihre Zukunft mehr machen.
Plötzlich packte eine Hand Bella und zog sie nach oben. Endlich! Sie bekam in letzter Sekunde noch Luft zum Atmen. Es war

Kevin, der sie auf ein weiches Etwas legte, wahrscheinlich eine Liege. Sie hörte Gemurmel und Schreie.
„Bella!", rief Kevin und berührte ihre Stirn.
Sie musste etwas sagen, denn er hatte ihr das Leben gerettet. „Kevin, was ist passiert?", krächzte Bella mit heiserer Stimme.
Sie hörte ihn erleichtert ausatmen. Er murmelte etwas wie: „Geht's dir gut?"
„Ich habe nur Wasser geschluckt und wäre fast ertrunken", gab Bella genervt zurück, „aber danke der Nachfrage, mir geht's gut."
Erst jetzt wurde ihr bewusst, dass mindestens fünfzig Augen sie ansahen.
Kevin berichtete dem Schwimmlehrer, dass es Bella wieder gut ging. „Du solltest dich ein wenig ausruhen", sagte er dann. „Was ist das überhaupt für eine Wunde auf deinem Knie?"
Bella seufzte. Auch das noch! Sollte sie ihn anlügen? Was sollte sie ihm bloß erzählen? „Ähm … das … ach, egal. Findest du mich eigentlich verrückt?"
Kevin schüttelte den Kopf. „Niemals würde ich dich verrückt finden."
Dankbar nickte Bella ein.

4 Versaut

Als sie aufwachte, waren die anderen schon am Zusammenpacken. Neben ihr lag Kevin, der offenbar ebenfalls eingenickt war. Auf ihrer Hand klebte ein Zettel, auf dem stand: Weck mich! Schläfrig stand sie auf und flüsterte Kevins Namen. Nichts geschah; er rührte sich nicht und schnarchte nun noch lauter. Diese Schnarchnase! Plötzlich hatte Bella eine Idee. Schnell schnappte sie sich einen Kübel und füllte ihn mit kaltem Wasser. Das würde lustig werden! Sie kippte den Kübel über Kevin aus und eiskaltes Wasser klatschte auf sein Gesicht.

„Aaahhh!", rief er erschrocken. Gleichzeitig riss er die Augen auf, sprang auf und jagte sie durchs Freibad.

Sie rannten und rannten, bis Kevin Bella einholte. Er schubste sie sachte ins Becken und aus Reflex riss sie ihn mit sich. Wasser spritzte in alle Richtungen und sie mussten herzhaft lachen.

„Du Narr!", rief Bella.

„Du Närrin!", gab Kevin zurück, „komm, wir müssen uns beeilen. In einer halben Stunde haben wir Deutsch."

Die beiden kicherten noch immer und stiegen aus dem Becken. Sie zogen sich trockene Kleidung an und gingen gemeinsam zur Schule zurück. Danach trennten sich ihre Wege wieder und jeder ging an seinen eigenen Platz.

Herr Leberwerst kam herein. Glücklich hielt er die Mathearbeiten in der Hand. „Hallo, Frau Glühwurm ist krank, ihr habt

heute kein Deutsch, dafür Mathe. Eure Schularbeiten sind schlecht ausgefallen.“
Alle Kinder stöhnten. Nein! Das konnte ja heiter werden!
Nach und nach verteilte der Lehrer die Arbeiten. Nun hatte er nur mehr sechs in der Hand. „Ich bin enttäuscht! Lola, Nico, Kevin, Mareike, Bella und Rocko: Ich an eurer Stelle würde üben, denn eine Fünf ist keine nette Note.“ Er warf ihnen ihre Arbeiten auf den Tisch.
So ein Mist! Bella warf Herrn Leberwerst einen finsteren Blick zu.
Rocko flüsterte: „Hey Bella, wie erklärst du es deinen Eltern?“
Nun dachte sie ernsthaft darüber nach. Bella wollte nicht nach Hause, denn sie würde ihre Eltern zutiefst enttäuschen. Sie war stinkwütend. Erst der Traum, dann das Knie, dann wäre sie fast ertrunken und jetzt noch das!
In der Pause trafen sich die vier Freunde auf dem Schulhof.
„Ich gehe nicht nach Hause. Außerdem wisst ihr ja, dass mein Vater mich verprügelt, wenn ich mit dieser Note heimkomme“, sagte Nico.
Alle vier fragten sich, was sie nun tun sollten. Die Sonne stand schon ganz hoch am Himmel, Bellas Herz pochte. Armer Nico, sein Vater schimpfte immer mit ihm, wenn er etwas anstellte. Letzten Mittwoch hatte er ihn angeschrien, weil er sein Deutschbuch in der Schule vergessen hatte. Kevin sah einem Vogel zu, wie er seine Runden flog.

Bella sagte mutig: „Verschwinden wir! Gehen wir so weit weg wie möglich."
Nicos Augen begannen zu glänzen. Der Bub stimmte zu und schlug vor, zum Lamensee zu gehen, denn da hatten sie letzten Sommer eine geheime Höhle gebaut. Das war ein guter Vorschlag. Nur Lola war von der Idee nicht so begeistert. Sie sagte, es wäre dumm, wenn sie abhauen würden. So war Lola nun einmal. Kevin war da anderer Ansicht. Schließlich schloss Lola sich ihnen widerwillig an. Schon schlichen sie vom Schulhof über die Mauer. Das Abenteuer begann!

5 Lustige Reise und Zaunproblem

„Habt ihr etwas zu essen mit?“, fragte Lola düster, als sie eine Abkürzung durch den Wald nahmen, „ich kann keinen Schritt mehr laufen.“
Nico machte ihr klar, dass es nur mehr dreißig Kilometer waren und sie nach ein paar Minuten sowieso eine Pause machen würden. Beleidigt lief Lola weiter.
Endlich machten sie eine Pause. Bella lehnte sich an einen Baum und Kevin hockte sich neben einen Busch. Die Sonne war schon am Untergehen und bald würde es Nacht werden. Einer nach dem anderen schlief ein.
Nur Bella nicht. Auf einmal hörte sie Lola etwas flüstern: „Nico, komm, Nico!“ Sie redete im Schlaf, es war zu lustig. Schließlich schlief auch Bella kichernd ein. Diesmal träumte sie nicht von dem Maul, sondern dass zwei riesige Pfoten mit Krallen an ihr vorbeigingen. Mehr sah sie nicht, denn die Sterne blendeten sie. Dann hörte sie eine Stimme: „Bella, sei mutig, führe deine Krallen genau dorthin, wo DU möchtest!“
Danach wachte sie auf. Was? Krallen? Seit wann hatte sie Krallen? Mutig? Was sollte das alles bedeuten? Neben ihr streckte sich Lola. Kevin und Nico waren schon munter.
„Guten Morgen“, sagte Nico.
Kevin verkündete: „Nico und ich fangen zum Frühstück Fische und ihr macht hier Feuer, okay? Dort ist ein Bach.“ Er deutete auf den kleinen Bach zwischen den Bäumen.

Lola, Bella und Nico stimmten zu. Dann ging es an die Arbeit. Lola suchte zwei Steine und Bella hielt nach Beeren Ausschau. Da! Dort drüben war ein Himbeerbusch. Schnell rannte sie hin und pflückte ein paar Himbeeren. Dabei sah sie den Buben beim Fischen zu. Nico hatte einen Stock gespitzt und schon drei Fische gefangen. Kevin stellte sich extra blöd an, er versuchte, die Fische mit den Händen zu fangen. Als er einen erwischt hatte, sprang dieser plötzlich in die Höhe, landete genau auf Kevins Kopf und hüpfte darauf herum. Kevin schrie und warf den Fisch zurück ins Wasser, während Bella in Lachen ausbrach. Auch Nico platzte fast vor lauter Lachen.

„Ach, das geht nicht. Die Forellen lassen sich nie fangen, niemals!“, jammerte Kevin.

Diese Jungs! Als Bella genug Beeren hatte, ging sie zurück zum Lager. Lola hatte schon Feuer gemacht. Die Fischer kamen zurück. Nico mit sieben Fischen und Kevin mit einem mageren Rotäuglein.

Langsam brieten sie die Fische. Jeder bekam zwei davon. Als sie satt waren, ging die Reise weiter, ihr Ziel war der Lamensee. Sie erklommen Berge und Täler, bis sie an einem langen Zaun ankamen. Darauf war ein Schild, auf dem stand:

Wolfsrevier!
Betreten verboten!
Lebensgefahr!

„Kommt herüber!", rief Kevin und schwang sich mit Leichtigkeit über den Zaun.
„Spinnst du, da wird man gefressen", sagte Lola.
„Quatsch", sagte Kevin, „wir werden nicht verschlungen."
Bella war sich da nicht so sicher. „Oh doch!", rief sie.
Kevin sah grimmig drein. Er guckte den langen Zaun entlang und schluckte. Er machte ihnen klar, dass sie hier rüber mussten, denn das war der Weg zum Lamensee. „Oder seid ihr etwa lahme Hängebauchschweine?"
Nun kletterte auch Nico über den Zaun. Lola wollte wieder etwas sagen, doch auch Bella kletterte über den Zaun. Lola hatte keine Wahl. Als sie weitergingen, hörten sie ein entsetzliches Heulen. Bellas Freundin schaute ängstlich in den Wald. Der frische Wind kühlte ihnen das Gesicht.
„Wölfe!", flüsterte Lola zitternd.
Bella legte ihr den Arm um die Schultern. Ihnen würde schon nichts geschehen.

6

Der Biss

„Wir müssen uns aufteilen. Ich gehe mit Kevin in Richtung Bach und ihr in die andere Richtung. Wenn wir eine kleine Höhle finden, rufen wir euch, okay?", sagte Nico.

Mittlerweile war es schon Abend. Es goss in Strömen, auch kleine Hagelkörner waren dabei. Alle waren von oben bis unten nass. Lola wurde weiß im Gesicht. Aufteilen? Das hörte sich gar nicht gut an. Doch so geschah es: Die Buben gingen dahin, die Mädchen dorthin.

Leise schlichen Lola und Bella durch den Wald. Der Mond strahlte vom Himmel, sie mussten sich beeilen. Vor ihnen tauchte eine kleine Höhle auf. „Jaaa!", riefen sie wie aus einem Mund.

Plötzlich sprangen hinter ihnen zwei Fellbälle aus dem Gebüsch und fielen die Mädchen an. Um Gottes willen, es waren Wölfe! Es war genauso wie in dem Traum, den Bella gehabt hatte. Auf einmal bohrten sich Krallen in ihre Hand und sie sah in das Gesicht des Wolfes.

Er war graubraun, hatte spitze Zähne, viele Narben und knurrte. Lola und Bella schrien laut auf. Die Mädchen wälzten sich mit den Wölfen im Gras. Blut floss Bella von der Stirn.

„Hiiiiillfeee!", schrie sie verzweifelt.

Dann bohrte der Wolf ihr die Zähne in den Hals. Schmerz durchfuhr ihren Körper. Nun blutete sie heftiger. Bella wehrte sich mit einem Stock, aber es half alles nichts. Die Buben hatten die Schreie gehört und kamen sofort angerannt. In diesem Moment ließen die Wölfe plötzlich von den Mädchen ab und liefen davon. Nico fragte verzweifelt, wie es den Mädchen ging.
„Bei mir ist es nicht so schlimm, ich habe nur ein paar Kratzer abbekommen. Und bei dir, Bella?", sagte Lola immer noch ganz erschrocken.
Bella erholte sich erst einmal vom Schmerz. Es brannte richtig. Sie sah ihren Körper an und entdeckte Wunden und Kratzer und an ihrem Hals tiefe Zahnspuren. „Ähm ... er hat mich gebissen!" Das Mädchen biss sich auf die Lippe und Kevin half ihr auf.
„Du blutest ja richtig! Schnell, ich verbinde dich. Tut es sehr weh?", fragte er besorgt.
Bella nickte. Inzwischen war es schon stockdunkel. Kevin verband die Wunden und danach gingen sie in die Höhle. Bella bedankte sich. Sie wollte Nachtwache halten, falls doch noch etwas auftauchte. Kevin wollte widersprechen, doch sie war bereits draußen. Die Bäume warfen Schatten und vor der Höhle floss ein kleiner Bach. Er plätscherte. Bella fand es irgendwie gruselig. Lola, Nico und Kevin schliefen bereits.
Danach sah Bella auf der anderen Seite des Baches etwas glitzern. Vorsichtig sprang sie von einem Stein zum anderen und überquerte so den Bach. Langsam hörte es auf zu regnen. Da war das Glitzerding! Es war eine Kralle, eine Wolfskralle. Bella hob sie auf und bemerkte, dass das Ding spitz und scharf war. Ihr wurden die Augen schwer. Sie zog sich zur Höhle zurück. Dann fiel sie mit der Kralle in der Hand in einen tiefen Schlaf.

7 Silbertiger

Am nächsten Tag wachte Bella früh auf, denn sie hatte Durst. Ohne auf etwas zu achten, stand sie auf und trottete zu Lolas Spiegel, der am Boden lag.
Sie merkte gar nicht, dass sie auf allen Vieren ging. Im Spiegel entdeckte sie einen hübschen Wolf mit einem Maul, einer Schnauze, spitzen Ohren und intensiven Augen! Ach, du liebe Sch****! Was …? Vor Schreck fiel sie um und blickte dabei auf ihre „Hände." Diese waren nun Pfoten, die Krallen trugen. Sie merkte, dass etwas an ihrem Hinterteil dran war. Oh nein! Ein buschiger Schwanz und ein hellgraues Fell. Schnell fuhr sie ihre Krallen aus und bekam fast einen Herzinfarkt. Sie war nun also ein waschechter Wolf! Sie konnte es kaum glauben. Was war mit ihren Freunden? Würden sie Bella verstehen, konnte sie überhaupt noch sprechen? Bella musste bitterlich weinen. Sie hielt die Augen geschlossen und hatte noch immer Panik.

Dann wachte Lola auf. Als sie Bella erblickte, riss sie die Augen auf und schrie: „Aaaaah! Ein Wolf!"
Bella blieb wie angewurzelt stehen. „Ich bin es, Bella", flüsterte sie. Lolas Gesicht wurde weiß wie die Wand.

Nun wachten auch die Buben auf. Lola zeigte langsam mit dem Finger auf ihre Freundin. „D-d-d-er W-W-olf k-k-k-kann sp-sprechen!“, stotterte Lola. Kevin sah sie verdutzt an.
„Hey, Leute, es klingt verrückt, aber ich bin als Wolf aufgewacht. Ich bin es – Bella. Ich konnte es selber auch nicht fassen“.
Nico klappte der Mund auf. „Dann ist das also kein Aberglaube“, sagte er erstaunt, „man sagt, wenn ein Mensch von einem Wolf am Hals gebissen wird, stirbt er oder wird selbst zu einem Wolf!“
Kevin fielen nur zwei Worte ein: „Echt krass!“
Lola guckte immer noch auf Bellas silberne Schnauze. Es sah aus, als würde sie sagen: ‚Wow, so etwas passiert auch nicht jeden Tag.‘ Kann man ja verstehen, wenn eine Freundin plötzlich zum Wolf wird. Kevin tätschelte Bella den Kopf.
„Hey, lass das, ich bin doch kein Tier!“, sagte Bella.
Na ja, in dem Fall eigentlich schon … Nico fragte, wie sie Bella nun wieder in einen Menschen verwandeln konnten.
„Ich weiß nicht“, schluchzte die Wölfin.
Auf einmal antwortete eine Stimme: „Ich schon!“
Hinter ihnen stand ein schwarzer, alter Wolf. Shoppen mit Lola wäre wirklich besser gewesen!
„Seid gegrüßt, ich bin der Rudelführer der Grünwaldwölfe. Ich heiße Mondwolf und ich habe gehört, dass es hier ein Problem gibt. Welches denn?“
Bella begrüßte ihn und erklärte ihre Situation. „Kann man das wieder rückgängig machen?“, fragte sie flehentlich.
Mondwolf antwortete: „Ja natürlich, aber du musst drei Wochen warten, erst dann kannst du entscheiden, ob du Wolf oder Mensch sein willst. Aber was anderes: Hat der, der dich gebissen hat, Narben im Gesicht?“ Bella nickte kurz. Mondwolfs Miene verfinsterte sich. Er sah ernst drein.
Vorsichtig fragte Kevin, wo sie die drei Wochen verbringen sollten.

Der schwarze Wolf legte seine Schnauze auf seine Pfoten und antwortete: „Seid ihr damit einverstanden, wenn ihr mit mir geht? Bella kann sich die nächsten drei Wochen meinem Rudel anschließen und das Wolfsleben leben. Ihr drei könnt in unserer Gästehöhle bleiben. Dort seid ihr in Sicherheit, denn hier ist es zu gefährlich."
Alle stimmten zu. Bellas Freunde hatten nichts dagegen, sie hatten nur Angst, dass Bella etwas geschehen würde. Bella verneigte sich aus Dankbarkeit und Respekt vor Mondwolf und gemeinsam brachen die fünf auf.
Das Gras war nass. Die Blätter raschelten unter ihren Füßen und der Wind wehte ihnen um die Ohren. Es war bereits später Nachmittag. Sie verschwanden hinter Gebüschen und kletterten auf riesige Felsen. Mondwolf zeigte ihnen den Weg zum Lager, das hinter einem Dickicht versteckt auf einer Lichtung mitten im Wald lag. Das Lager war riesengroß, fast wie ein kleines Dorf. Viele Wölfe guckten interessiert zu ihnen herüber, andere kamen aus ihren Bauen. Ein paar fauchten Lola, Nico und Kevin an und die Wolfswelpen freuten sich über ihr Kommen.
Mondwolf kletterte auf einen großen Stein und ein muskulöser Wolf rief: „Rudelgespräch!" Langsam kamen immer mehr Wölfe auf die Lichtung. Mit gerecktem Schwanz wartete Mondwolf, bis die letzten aus den Höhlen kamen. „Ich habe beschlossen, Bella als Wölfin aufzunehmen", er deutet mit dem Schwanz auf sie, „denn unser Feind Mordwolf hat sie am Hals gebissen. Ihr wisst ja, was das bedeutet. Also bleibt sie drei Wochen hier, bis ich ihr helfen kann. Ihre Freunde sind nett und tun euch nichts und ihr ihnen bitte auch nicht. Sie werden es sich in der Gästehöhle gemütlich machen. Himmelwolf, könntest du Bella das Jagen, Kämpfen und alles, was zum Wolfsein dazugehört, beibringen?"
Ein hellbrauner Wolf erhob sich und sagte: „So sei es." Er neigte den Kopf und verschwand in der Menge.

„Ich danke dir. Bella, würdest du einen Namen als Wolf annehmen?“
Sie blickte ihn an. Dieses Mal sahen sie genau hundert Augen an und Bella wurde nervös. Doch sie nickte tapfer. Kevin und Nico sahen überrascht zu, wie das Gemurmel weiterging. Lola blickte hinauf zu Mondwolf, der weitersprach: „Ruhe nun alle. Bella, ich habe einen perfekten Namen für dich. Von nun an wird dich jedes Mitglied des Rudels Silbertiger nennen!“
Alle jubelten. Auch Kevin sah Bella begeistert an.

8 Die Führung

„Hallo, ich bin Himmelwolf“, begrüßte der helle Wolf Silbertiger.

„Hallo! Könntest du mir mal das Lager zeigen? Ich kenne mich hier gar nicht aus“, sagte Silbertiger.

„Klar, komm mit!“

Gemeinsam zogen sie los. Die Versammlung war schon lange zu Ende und der Abend brach an. Mondwolf brachte ihr Freunde in die riesige Gästehöhle. Daneben entdeckte Silbertiger viele kleine und große Höhlen.

„Hier ist unser Schlafplatz. Du bekommst heute auch noch einen Bau“, sagte Himmelwolf.

Aus einer großen Höhle schlüpfte ein schwarzgrauer Wolf mit breiten Schultern. Er fauchte leise so etwas wie „Mensch!“ und warf Silbertiger einen giftigen Blick zu. Silbertiger schreckte zurück. Himmelwolf erklärte ihr, das sei Schattenwolf, der sei sehr gemein.

Aus anderen Bauen kamen drei Wölfinnen. Himmelwolf stellte alle drei vor. Das waren Lichttiger, Blautiger und Gelbtiger. Lichttiger und Gelbtiger sahen Silbertiger freundlich an. Also gab es auch nette Wölfe! Dann gingen sie weiter, bis sie zu einem Bach kamen, der durch das kleine Dorf floss. Dort tranken bereits vier Wölfe.

„Hier kannst du trinken. Das sind Bärenwolf, Löwenwolf, Tigerwolf und Katzenwolf“, sagte Himmelwolf. Der braune Löwenwolf

hatte sehr spitze, lange Ohren und wirkte stark. Ganz anders als die anderen drei, diese waren eher kleiner.
Nach der Begrüßung leckte Silbertiger mit ihrer rauen Zunge Wasser aus dem Bach. In dem Moment wurde ihr eines klar: Die Namen der Wölfe endeten auf -wolf, die der Wölfinnen auf -tiger. Die Namen der Wolfskinder endeten auf -schein. Ja, sie hatte es kapiert! Hinter einem Busch entdeckte sie noch drei Wölfe. Diese hatten ein paar Mäuse, Ratten, Hasen und Eichhörnchen im Maul und gingen damit ins Lager. Anschließend ließen sie die Beute in eine Grube voller Mäuse fallen.
Himmelwolf erklärte: „Das hier ist unsere kühle Beutegrube, damit unser Fressen frisch bleibt. Ich bringe dir in der Nacht das Kämpfen bei und morgen fangen wir mit dem Jagen an. Ach übrigens, der mit dem braunen Fell ist Eichelwolf, der zweite Rudelführer. Das daneben ist seine Frau Buttertiger. Die anderen zwei sind meine Kumpel Dornenwolf und Schnellwolf."
Als sie an ihnen vorbeigingen, begrüßte die Gruppe Silbertiger und Himmelwolf. Die zwei verneigten sich vor Eichelwolf, der ihnen zuzwinkerte.
Gleich danach liefen sie an zwei Wolfswelpen vorbei. Die weiße Kleine hieß Eisschein und der schwarze hieß Wolkenschein. Schnell liefen die zwei in eine kleinere Höhle.

Davor wartete schon ihre Mutter, die Bachtiger hieß. „Kommt herein, ihr seid schon wieder weggelaufen!“, schimpfte sie. Himmelwolf erklärte Silbertiger, dass dies der Welpenbau war. Nach einer Stunde kannte Silbertiger das ganze Lager und ihr neuer Freund war fertig mit der Führung.

Sie bedankte sich und die beiden verabredeten sich für Mitternacht. Danach lief Silbertiger zu der Beutegrube und holte sich eine Maus. Eklig sah die aus. Trotzdem setzte sie sich auf den Boden. Lichttiger kam mit einer Ratte im Maul zu ihr, fragte, ob sie sich zu ihr setzen dürfte, und biss in die Ratte.

Nun musste auch Silbertiger die Maus probieren. Sie riss sich ein Stück Fleisch heraus und kam auf den Geschmack. Gar nicht schlecht, schmeckte sogar hervorragend. Sehr gute Maus! Das Wolfsein zeigte sich schon von seiner besten Seite!

9 Kämpfen ohne Ende

Langsam wurde es Mitternacht. Die Sterne standen am Himmel. Himmelwolf wartete bereits auf Silbertiger.
„Hallo, bist du bereit?“, rief er schon von Weitem.
„Klar!“, antwortete Silbertiger.
Mit strahlenden Gesichtern rannten sie aus dem kleinen Dorf.
„Was ich dich noch fragen wollte: Wer ist eigentlich Mordwolf?“, sagte Silbertiger.
Auf einmal verfinsterte sich Himmelwolfs Miene. Er erklärte ihr, dass sie die Grünwaldwölfe waren und dass es auch Braunwaldwölfe gab, ihre Feinde. „Sie sind selbstsüchtig und eingebildet. Ihr Rudelführer ist Mordwolf, der stärkste Wolf des Waldes. Er löst immer alles mit Gewalt und deshalb hatten wir schon viele Kämpfe. Vor zwei Jahren“, er holte tief Luft, „hat er unseren vorigen Rudelführer ermordet.“
Das fand Silbertiger traurig.
Dann rannte Himmelwolf plötzlich schneller und rief: „Wer zuletzt da ist, ist ein lahmes Pelzknäuel!“
Lachend folgte Silbertiger ihrem neuen Freund. Gemeinsam jagten sie durch den Wald. Es war ein tolles Gefühl, frei zu sein und den Wind im Fell zu spüren. Ein Wolf zu sein war viel besser, als sie gedacht hätte. Dann blieb Himmelwolf stehen und kroch unter einer Hecke durch. Silbertiger folgte ihm. Hinter dieser Hecke befand sich der Kampfplatz.
Tigerwolf und Löwenwolf hatten sich bereits ein Plätzchen

gesucht und rangelten herum. Natürlich mit eingezogenen Krallen und vorsichtig. Als die beiden Silbertiger entdeckten, passte Tigerwolf einen Moment nicht auf und Löwenwolf siegte. Er hielt seinen Spielgegner am Boden fest und gewann so den Kampf.
Himmelwolf und Silbertiger suchten sich auch ein Plätzchen am Rande des Kampfplatzes.
„Also, probieren wir zuerst die Grundübungen“, sagte Himmelwolf, „stell dir vor, ich bin ein Braunwaldwolf. Warte, ich zeige es dir mit Tigerwolf mal vor.“ Und schon kam der kleinere Wolf angetrottet.
Silbertiger kam sich vor wie ein Volltrottel. Schließlich konnte sie bereits kämpfen! Na ja, nicht kämpfen wie ein Wolf. Aber sie hatte früher als Mensch einmal einen Karatekurs besucht.
Himmelwolf war der Braunwaldwolf und Tigerwolf spielte einen von ihnen. Blitzschnell wollte Himmelwolf auf ihn springen, doch Tigerwolf duckte sich. Der Gegner fiel sachte auf den Boden. Dann sprang Tigerwolf auf seinen Rücken und hielt sich fest, sodass der „Braunwaldwolf“ ihn nicht abschütteln konnte. Danach rollte sich Himmelwolf auf den Rücken. Ein Punkt für ihn. Der Grünwaldwolf entwischte ihm jedoch, bevor er zerquetscht wurde. Dann riss Tigerwolf ihn von den Pfoten, sodass Himmelwolf umfiel. Tigerwolf sprang Himmelwolf auf den Bauch und machte es sich dort gemütlich. Diesmal ging der Punkt an Tigerwolf. Der Kampf war zu Ende.
„Hast du das gesehen? Das üben wir jetzt auch!“, rief Silbertigers neuer Freund und bedankte sich bei seinem Gegner, der wieder zu Löwenwolf lief.
Als Erstes befahl Himmelwolf, das mit dem Zur-Seite-Springen auszuprobieren. Mit Anlauf rannte er auf Silbertiger zu. Er wollte ihr auf den Rücken springen, doch die Wölfin wich zur Seite aus. Sofort schlüpfte sie unter seinem Körper hindurch und überraschte ihn von vorne. Das war ihre eigene Methode.

Er war völlig verblüfft. Silbertiger riss ihn von den Pfoten, sprang über ihn und nagelte ihn am Boden fest. Mit aufgerissenen Augen versuchte Himmelwolf ihr zu entkommen, doch die Wölfin war stärker. Respektvoll ließ sie ihn los.
„Wow, du bist ja fast besser als ich! Das ist Spitzenklasse. Du würdest sogar gegen Löwenwolf gewinnen, der einer der Stärksten von uns ist. Das muss ich sofort den anderen erzählen." Himmelwolf war völlig aus dem Häuschen.
Auch Tigerwolf, der ihnen zugesehen hatte, lobte Silbertiger und rief seinen Freund Löwenwolf herbei. Die Wölfin wollte versuchen, gegen ihn anzutreten.

Löwenwolf sah sie zweifelnd an. „Gegen einen Menschen kämpfe ich nicht! Schon gar nicht gegen eine Wölfin"
Doch Silbertiger sah ihn mutig an. Sie sagte, er hätte nur Angst, gegen sie zu verlieren, und forderte ihn heraus. Löwenwolf funkelte sie an und überlegte. Schließlich setzte sich Silbertiger durch.
„Einverstanden", sagte Löwenwolf.
Die zwei anderen sahen gespannt zu. Ihr Gegner rannte auf Silbertiger zu, worauf sie ihm auf den Rücken sprang. Löwenwolf versuchte sie fauchend abzuschütteln, aber vergebens.

Erst als er sich auf den Rücken legte, sprang sie ihm auf den Bauch. Er drehte sich auf den Rücken, aber Silbertiger drückte ihn jetzt noch fester auf den Boden. Löwenwolfs Schnauze wurde von der Erde staubig. Nun konnte er nicht mehr aus ihrem engen Griff heraus.

„Na, was war das mit: Du kämpfst gegen keine Wölfin?“, zischte Silberwolf triumphierend.

Himmelwolf beendete das Spiel. Doch Löwenwolf schämte sich, als Tigerwolf lachend rief: „Ich lach mich tot, du hast gegen Silbertiger VERLOREN!“

Daraufhin ließ sie ihn los. Löwenwolf sah nur abwesend auf den Boden und lobte Silbertiger. Sie flüsterte: „Tut mir leid, dass ich dich so blamiert habe.“

Leise bedankte er sich und rannte vom Kampfplatz. Dicht gefolgt von Tigerwolf, der ihr einen Blick zuwarf, der andeutete, dass er sie toll fand.

Himmelwolf beendete das Training und murmelte: „Es wird schon bald hell, komm!“ Gemeinsam liefen sie in das kleine Dorf zurück.

Silbertiger war kurz vorm Zusammenbrechen, ihre Knochen fielen fast auseinander. Als sie im Lager ankamen, zeigte Himmelwolf ihr ihre Höhle. Sie lag gleich neben Himmelwolfs und Lichttigers Bau. Die Höhle war mit Moos und Blättern weich ausgepolstert. Sie machte es sich gemütlich. Morgen würde sie Jagen lernen und ihre Freunde wiedersehen.

Plötzlich hörte sie Stimmen vor ihrem Bau. „Sie hat besser gekämpft als ich und Löwenwolf, sie wird bestimmt die beste Kämpferin, Mondwolf“, sagte eine begeisterte Stimme, die sich wie die von Himmelwolf anhörte. Man hörte ein Lachen, das bestimmt von Mondwolf kam. Glück und Freude breiteten sich in ihr aus.

10 Ein Eindringling

Mitten am Nachmittag wachte Silbertiger auf, denn sie hatte etwas gehört! Schlaftrunken steckte die Wölfin ihren Kopf aus der Höhle. Alles still. Sie musste herausfinden, was los war. Sollte sie zu ihren Freunden oder zu Himmelwolf gehen? Nein! Sie nahm es selbst in die Hand … äh Pfote.

Sie wollte gerade ihre Höhle verlassen, als sie auf einmal eine Stimme hörte: „Schsch, eine Grünwaldwölfin, Leute.“ Obwohl die Stimme flüsterte, konnte Silbertiger sie genau verstehen.

Sie fasste sich ein Herz und blickte nach draußen. Dort waren drei magere Wölfe. Sie rochen nicht wie Grünwaldwölfe, sondern wie alte Hunde, die lange nicht mehr gebadet haben. Es waren Eindringlinge! Braunwaldwölfe, ganz sicher. Schließlich knurrte einer der drei ganz leise. Auch die anderen entdeckten nun Silbertiger und sahen sie misstrauisch an. Plötzlich sprang der Wolf, der gerade geknurrt hatte, sie an. Silbertiger konnte ihm gerade noch ausweichen, riss ihn von den Pfoten und drückte ihn zu Boden. In dem Moment kamen die zwei anderen angerannt. Das war ungerecht, einer gegen drei!

Doch zum Glück hörten Löwenwolf und eine andere Wölfin die Kampflaute und eilten Silbertiger zu Hilfe. Die andere Wölfin hieß Bachtiger. Silbertiger hatte sie gestern vor dem Welpenbau kennen gelernt. Nun kämpften alle sechs.

Der Braunwaldwolf unter ihr knurrte sie an und riss sich aus ihrem Griff los. Er fuhr die Krallen heraus und kratzte sie am Bauch

und sie ihn über die Hinterpfote. Danach wälzten sie sich im Gras und schnappten nacheinander.
Ihr Gegner rief den anderen zu: „Schnell, verschwinden wir!"
Er wollte Silbertiger entwischen, doch diese rief: „Nein, ich bestehe darauf, dass ihr hierbleibt. So schnell nicht, mein Lieber!"
Doch Löwenwolfs Gegner war schon weggelaufen. Bachtiger gab ihrem Wolf noch eine Ohrfeige und jagte ihn davon. Nun konnte auch Silbertiger ihren Gegner nicht mehr halten und er lief jaulend davon. Bachtiger brüllte den fliehenden Wölfen hinterher, dass sie sich hier nie wieder blicken lassen sollten.

Mittlerweile waren auch die anderen Wölfe aufgetaucht. Silbertiger bedankte sich bei Bachtiger und Löwenwolf. Himmelwolf wollte sofort Mondwolf von dem Kampf berichten. Langsam begann die Abenddämmerung und der Himmel wurde dunkler. Gemeinsam trabten sie zu Mondwolf und berichteten ihm, was

passiert war. Er war natürlich zornig und befahl Nachtwachen aufzustellen. Schon brachen ein paar Wölfe zur Jagd auf. Bald war es richtig still im Lager. Bevor sie mit Himmelwolf jagen gehen sollte, musste Silbertiger noch etwas erledigen.
Sie steuerte auf die Gästehöhle zu. Lola, Nico und Kevin saßen darin und starrten Löcher in die Luft. Erst als Silbertiger hereinkam, blickten sie überrascht auf.
Nach der Begrüßung fragte Silbertiger: „Wie wäre es – gehen wir zum Sonnenteich spazieren? Wenn wir uns beeilen, könnte es sich noch vor dem Jagen ausgehen."
Der Sonnenteich lag in der Nähe des Kampfplatzes und war wunderschön. Das Wetter war auch ideal und es war noch nicht stockdunkel. Ihre Freunde starrten sie erstaunt an. Kevin fragte überrascht, ob sie denn schon jagen könne und wie es ihr so gehe. Begeistert erzählte Silbertiger von dem gestrigen Tag am Kampfplatz und dass sie in der Nacht jagen gehen würde. Ihre Freunde waren einverstanden und so spazierten sie zum Sonnenteich.
Eine leichte Brise wirbelte die Blätter am Boden auf. Als die vier ankamen, sagte Lola, sie hoffe, dass die drei Wochen bald vorbei seien. Sie brauche ein echtes Mädchen an ihrer Seite, keine Wölfin. Nico schnappte sich einen Stein, warf ihn ins Wasser und blickte auf den Sonnenteich. Dieser glänzte im Mondlicht.
Dazwischen erzählte Lola ein paar Witze und Nico kippte kichernd um und ließ sich ins Gras fallen. Ihre Freunde, witzig wie immer! Ohne nachzudenken, schnappte Kevin die Wölfin, versuchte sie hochzuheben und streichelte ihren Rücken.
Verärgert zischte Silbertiger: „Hey, geht's noch?"
Die Antwort kam sofort: „Jep, es geht noch."
Wütend strampelte sie sich frei, setzte sich hin, sah ihm in seine strahlend blauen Augen und dachte nach. Irgendwie sah Kevin immer perfekt aus. Er hatte zwar verwuschelte Haare und ein

paar Kratzer auf der Hand, aber trotzdem war und blieb er cool. Nach einer Stunde wollte Silbertiger nach Hause und sich einen Snack holen. Sie freute sich schon aufs Jagen. Als sie im Lager ankamen, schnappte sie sich ein Eichhörnchen aus der Beutegrube und knabberte daran. Nicht schlecht!

In diesem Moment kam Himmelwolf angerannt.

„Geht's los?" Silbertiger würgte den letzten Bissen hinunter, lief zu dem hellen Wolf und rannte mit ihm in den Wald.

Mittendrin blieben sie stehen und er erklärte ihr das Jagen. Da, ein Rascheln! Auf einmal tauchte vor ihnen eine kleine Maus auf, mit dem Rücken zu ihnen. Das war Silbertigers Chance. Sie duckte sich, schlich sich leise an und sprang – zum Glück verfehlte sie die Maus nicht. Sie zappelte unter ihren Pfoten. Dann biss die Wölfin herzhaft zu, und aus war es mit der Maus.

„Perfekt!", lobte Himmelwolf sie. Die Wölfin nahm ihre Beute ins Maul.

Sie jagten die ganze Nacht. Silbertiger kam mit einer Maus, zwei Eichhörnchen, einer Ratte und sogar mit einer Taube zurück. Himmelwolf dagegen mit nur vier Mäusen. Auch nun meinte er, sie sei ein Naturtalent. Silbertiger schnappte sich die Taube und lief damit in die Gästehöhle. Kevin saß an eine Wand gelehnt da. Lola und Nico schliefen.

„Hier, für dich", sagte Silbertiger und ließ die Taube vor Kevin auf den Boden fallen. Er sah sie überrascht an. Ihm fiel kein Wort ein. „War ein Scherz, schlaf gut." Lachend kehrte sie schnell mit der Taube in ihre Höhle zurück, aß sie und schlief zufrieden ein.

11 Achtung, Fremdling!

Lautes Gemurmel riss Silbertiger aus dem Schlaf. Blinzelnd reckte und streckte sie sich, bevor sie aus der Höhle krabbelte. Draußen waren alle Wölfe versammelt und sprachen nun immer lauter.

Buttertiger rannte aufgeregt zu ihr. „Deine Freunde, sie sind verschwunden!“, rief sie.

Was? Erschrocken folgte Silbertiger der Wölfin zur Gästehöhle. Doch die Höhle war leer.

Silbertiger wollte gerade fragen, was da los war, doch Buttertiger kam ihr zuvor: „Als wir in die Höhle kamen, war sie leer. Einfach alles war weg: Ihre Rucksäcke, Decken und auch sie selbst waren spurlos verschwunden. Dornenwolf hielt Nachtwache, aber er hatte niemanden gesehen. Eichelwolf ist mit den anderen losgezogen, um sie zu suchen. Du kannst dich mir, Lichttiger, Schnellwolf und Sonnenwolf anschließen.“

Nein! Jetzt verschwanden auch noch Lola, Kevin und Nico! ‚Nicht aufregen‘, sagte Silbertiger zu sich selbst. ‚Vielleicht sind sie ja nur spazieren gegangen. Aber was, wenn nicht?‘

Egal. Silbertiger lief zu Buttertiger, die mit Schnellwolf schon auf sie wartete. Als auch Lichttiger und Sonnenwolf auftauchten, sah sie zum Himmel hinauf. Er war dunkelblau, der Wind ließ die Blätter fliegen und wieder zur Erde zurücksinken. Sonnenwolf sagte: „Wenn sie Pech haben, haben die Braunwaldwölfe sie geholt.“ Das war aber eine große Hilfe, na toll!

„Lola, Nico, Kevin! Lola, Kevin, Nico!“, riefen die fünf ununterbrochen, bis ihre Hälse rau wurden. Im Wald war es düster und dunkel. Leider war noch immer keine einzige Spur von ihren Freunden zu sehen.
Nach zwei Stunden gaben sie für eine Weile auf und setzten sich an einen kleinen Bach. Sie tranken und Lichttiger sagte: „Ach, ich kann wirklich nicht mehr. Was ist, wenn …?“ Doch ein Stein, der auf ihrem Schwanz landete, ließ sie aufschrecken.
Plötzlich war ein lauter Schrei zu hören. „Das könnten Lola, Kevin oder Nico sein. Wahrscheinlich ist ihnen der Wald zu gefährlich“, flüsterte Schnellwolf, ohne nachzudenken. Im selben Moment verschwand ein grauer Schwanz hinter einem Baum. Das war kein Mensch. Verdammt! Das hätte Schnellwolf nicht sagen sollen, denn wer auch immer gelauscht hatte, wusste jetzt, dass ihre Freunde hilflos in der Wildnis herumstreifen!
„Braunwaldwolf!“, flüsterte Buttertiger.
Blitzschnell rannte Schnellwolf los und rief: „Den bringe ich um!“ Die anderen folgten ihm aufgeregt.

Sie entdeckten ihn, als er sich gerade auf einen fremden Wolf warf. Schnellwolf zerriss dem kleinen, grauen Wolf fast das Fell und hielt ihn am Boden fest. Mit blutverschmierter Schnauze blickte dieser auf.
„Lass ihn los!“, befahl Buttertiger. Mit einem lauten Knurren befolgte Schnellwolf ihren Be-

fehl. Als Sonnenwolf zornig fragte, was er hier zu suchen habe, rief der Fremde kleinlaut: „Das geht euch gar nichts an!“ Was für ein Großmaul.
„Was? Das ist unser Revier, Grünwaldwolfsrevier. Verstanden? Was hast du hier überhaupt zu suchen? Warst du alleine?“ Buttertiger durchbohrte ihn mit ihrem Blick.
Der fremde Wolf behauptete, er habe sich verlaufen und sei neu im Rudel. Fauchend leckte er sich das Blut von der Schnauze.
Schnellwolf schrie ihn an und sagte, dass sie ihm das bestimmt nicht abkaufen würden. Er fragte noch einmal, ob er alleine war oder nicht, und sah aus, als würde er sich jeden Moment erneut auf ihn stürzen.
„Ich war alleine!“
„Das kann jeder behaupten“, mischte sich jetzt auch Silbertiger ein.
Schnellwolf fletschte die Zähne und griff den fremden Wolf abermals an. Er zischte ihm ins Ohr, er sei ein frecher Lügner. Dann fragte er ihn noch einmal, ob er wirklich alleine gewesen war.
Nun wurde es Buttertiger endgültig zu viel: „Es reicht, Schnellwolf, lass ihn sofort los!“
Diesmal ignorierte Schnellwolf sie und wartete auf die Antwort des Gegners, der unter ihm zitterte.
„Okay, ich … ich hatte zwei Freunde mit. Aber die sind schon weg, es tut mir leid!“
Ungeduldig zerrte Buttertiger Schnellwolf nun von dem Braunwaldwolf weg.
„Na, du kannst was erleben!“, zischte Schnellwolf dem fremden Wolf noch zu.
Nach ein paar Minuten beschlossen sie, den Eindringling mit ins Lager zu nehmen. Silbertigers Freunde waren schon längst vergessen. Vielleicht waren sie ja schon wieder zurück im Lager.
Wie einen Gefangenen führten sie den Fremdling durch den

Wald. Im Lager angekommen, schweiften alle Blicke immer wieder zu dem kleinen, grauen Wolf, der ihnen mittlerweile seinen Namen verraten hatte. Er hieß Vogelwolf. Doofer Name, fand Silbertiger. Als Mondwolf Vogelwolf entdeckte und die Nachricht über ihn erfuhr, wurde er zornig und verdonnerte ihn dazu, eine Woche im Dorf zu bleiben und die Höhlen zu putzen. Der Fremde musste in der Gästehöhle übernachten.
Lola, Nico und Kevin waren leider immer noch wie vom Erdboden verschluckt. Allmählich wurde es tiefe Nacht. Erst als Vogelwolf versorgt war, schnappte Silbertiger sich eine Ratte aus der Beutegrube. Sie hockte sich in der Dunkelheit hin und verspeiste ihren Snack.
Himmelwolf kroch zu ihr und fragte: „Hallo, Silbertiger, wie habt ihr den denn gefunden?"
Silbertiger informierte ihn, dass sie das Großmaul tief im Wald entdeckt hatten und dass Schnellwolf ihn fast getötet hätte. Auch dass er behauptet hätte, er hätte sich verirrt und wäre neu im Rudel.
Himmelwolf überlegte und sagte dann: „Ich habe mit Mondwolf gesprochen. Er meint, dass ich, Dornenwolf, Eichelwolf und Löwenwolf den Vogeldingsbums in einer Woche zu seinem Rudel zurückbringen sollen. Wir dürfen keinen Krieg ausbrechen lassen, wir bringen ihn nur zur Grenze unseres Reviers. Du hast für heute genug getan. Du kannst mit Lichttiger und Gelbtiger zum Sonnenteich gehen. Fische fangen und das Wasser genießen."
Schwimmen? Silbertiger war als Bella nicht gut darin gewesen, aber als Wölfin? Probieren geht über Studieren! Sie stimmte zu und verschwand bald darauf mit Gelbtiger und Lichttiger.
Auf dem Weg zum Sonnenteich erzählte sie Lichttiger und Gelbtiger, die ihr gespannt zuhörten, von Vogelwolf. Nach einer halben Stunde waren sie beim Sonnenteich. Ihre neue Freundin Lichttiger sprang als Erste hinein. Anschließend trauten sich

auch Gelbtiger und Silbertiger ins Wasser. Es war sogar irgendwie warm. Ein gutes Gefühl, wieder Wasser um sich zu haben! Die Fische aber schwammen weg.
„Wir haben keine Fische in der Beutegrube, weil wir zu faul sind, sie zu fangen und sie auch viel zu schnell wegschwimmen“, sagte Lichttiger.
Silbertiger antwortete: „Das wollen wir mal sehen!“ Sie tauchte unter und erblickte eine dicke Forelle. Diese schwamm gemütlich auf und ab. Plötzlich schoss Silbertiger nach unten. Oh ja! Mit einem freudigen Glucksen erwischte sie die Forelle. Silbertiger zog sie ans Land und präsentierte ihren Fang. Natürlich waren die beide anderen stolz auf sie. Danach genossen sie die schöne Nacht im Wasser.

12 Dieses blöde Großmaul!

Die Nacht verging schnell. In ein paar Stunden würde es dämmern. Silbertiger kuschelte sich in ihren Bau und blickte durch den Eingang zum Mond empor. Er glänzte und ein paar Sterne breiteten sich um ihn herum aus. Irgendwie konnte sie nicht einschlafen. Augen schließen und Mäuse zählen half auch nichts. Nach dreihundert Mäusen hörte sie auf zu zählen. Ach! Ihre Freunde, irgendwo dort draußen ... Plötzlich hatte sie eine trockene Kehle. Sie erhob sich und trottete leise zum Bach.

Auf einmal war laut und deutlich ein Pumpern zu hören. Was war das? Es kam aus der Gästehöhle. War das vielleicht Vogelwolf? Tatsächlich! Eine Gestalt schlüpfte heraus und verschwand hinter dem Dickicht aus dem Dorf. Na toll. Feuertiger, die Nachtwache hielt, hatte überhaupt nichts mitbekommen.

Widerwillig flitzte Silbertiger dem Großmaul hinterher. Er war fünf Meter vor ihr, aber er hatte keinen Schimmer, dass sie ihm folgte und mit wem er es zu tun hatte.

„Vogelwolf, hast du einen Geist gesehen? Bleib stehen! Willst du dich davonschleichen? Wenn ja – du kannst bald gehen, halt doch an!“, rief sie ihm zu.

Doch er wurde nur noch schneller und schrie zornig: „Ich habe es satt, hier herumzuhocken! Du kannst nichts

gegen mich ausrichten, denn ich bin schon viel länger Wolf als du, Mensch! Hat mir Schattenwolf erzählt, der einzig Normale hier bei euch. Und nun lass mich in Ruhe. Ich bin sowieso viel zu schnell für dich. Auf kein Wiedersehen!" Er wurde schneller, bis er schließlich zwischen den Bäumen verschwand.
So ein Depp! Silbertiger entschied sich, stehen zu bleiben. „Wir sehen uns noch!", rief sie ihm nach. Vogelwolf war ihr entwischt! Und sie wollte eine tapfere Grünwaldwölfin sein? Dem würde sie es zeigen! Trotz der vielen Gedanken, die ihr durch den Kopf gingen, wählte die Wölfin den gefährlicheren Weg. Sie folgte Vogelwolfs Geruch, der bald schwächer wurde, bis überhaupt kein feindlicher Geruch mehr zu riechen war. Sie stieß ein Knurren aus und nahm eine andere Route. Plötzlich kam sie zu einem See. Blubberblasen waren an der Oberfläche zu sehen. War das ein Fisch? Da! Sie konnte eine Wolfsgestalt erkennen.
Die Verfolgungsjagd ging weiter. Silbertiger sprang ins Wasser und tauchte unter. Einen Meter noch, dann hätte sie ihn erwischt. In diesem Moment bemerkte Vogelwolf sie und öffnete überrascht das Maul. Prima, ein Überraschungsüberfall! Er paddelte und paddelte, doch hier war ihr Revier. Silbertiger überholte ihn, ohne sich anzustrengen und schnappte nach Luft. Vogelwolf ebenfalls. Als er ärgerlich fragte, was sie gegen ihn hatte, antwortete Silbertiger: „Erstens, du bist ein Braunwaldwolf. Zweitens, du bist gemein. Drittens, du hast gelauscht und erfahren, dass meine Freunde, meine besten Freunde, angeblich alleine in der Wildnis sind. Und viertens, du könntest das weitererzählen, ein Spion sein. Und dann kannst du was erleben! Verstanden?!"
Sie kochte vor Wut. Sie fletschte die Zähne, knurrte und fuhr die Krallen aus. Er konnte nur mehr „He" sagen, bevor er wieder losschwamm. Silbertiger eilte ihm nach.
Als er an Land ging, warf sie sich auf ihn. Sie drückte ihn zu Boden und er biss sie ins Ohr. Ihr erster echter Kampf mit einem

Feind. Doch plötzlich kamen zwei Wölfe aus dem Wald geschlichen. Silbertiger hatte gar nicht gemerkt, dass der See die Grenze zwischen den verfeindeten Rudeln war. Oh, Gott! Sie befand sich auf Braunwaldwolfboden! Typisch Bella ... ähhh Silbertiger.
„Was suchst du hier?", fragte der eine der beiden, ein dicker Wolf. Sie knurrte laut und flüsterte mit einem blutrünstigen Blick zu Vogelwolf: „Wir sehen uns noch!" Dann rannte sie blitzschnell ins Wasser zurück und überquerte abermals den See.
Als sie sich nach einer Stunde mit letzter Kraft ins Lager schleppte, graute der Morgen. Todmüde legte sie sich in ihren Bau. Diesmal träumte sie, sie sei ein Mensch, ein richtiges Mädchen, Bella. Mit Lola, Kevin und Nico im Badesee, der „Katzenteich" hieß. Es war herrlich. Aber würde sie ihre Freunde je wiedersehen? Je wieder einen Blick auf sie werfen? Ihr liefen Tränen über die Wange. Wären sie doch alle zu Hause geblieben! Im Traum schluchzte sie und die Tränen liefen ihr in Strömen übers Gesicht. Plötzlich konnten sich ihre Freunde nicht mehr über Wasser halten. Sie ertranken, alle. Bis auf Bella, die weinend am Ufer saß.
Ein „Silbertiger, wach auf!" weckte sie. Himmelwolf rüttelte sie. Nachdem sie „Guten Morgen" gemurmelt hatte, sagte Himmelwolf hastig: „Komm, du hast verschlafen. Eichelwolf, Langwolf und Katzenwolf warten am Eingang. Wir gehen mit ihnen jagen. Wir haben es eilig, komm, Silbertiger." Langsam folgte sie ihm aus der Höhle. Himmelwolf erzählte ihr, während sie durchs Lager liefen, dass dieser Vogelwolf verschwunden war. Silbertiger konnte nur nicken. Sie wusste Bescheid und zwar sehr gut.
Als die beiden die anderen Wölfe begrüßten, sagte Eichelwolf: „Wir werden in der Nähe des Grenzsees jagen."
Grenzsee? Den hatte sie in dieser Nacht schon zweimal durchschwommen. Hoffentlich sahen die fünf Vogelwolf nicht. Es herrschte perfektes Jagdwetter, nicht zu heiß und nicht zu kalt.

Ein Kuckuck rief und flatterte von einem Baum zum anderen. Himmelwolf lief neben ihr her und sagte, sie hätten heute Heulabend. Silbertiger sah ihn fragend an.
„Ach so, du weißt noch nichts davon“, sagte Himmelwolf, „heute Nacht geht das gesamte Rudel auf den Berg der Steine. An jedem Sonnenlicht heulen wir den Vollmond an. Das Sonnenlicht nennt man bei euch wahrscheinlich Monat. Der Mond hat das Jagdrevier, den Wald, die Natur und uns erschaffen. Wir danken ihm dafür, indem wir ihn unsere Stimmen hören lassen. Es ist Tradition, dass am Ende jeder fünften Kralle der zweite Rudelführer zum ersten Rudelführer ernannt wird. Eine Kralle ist, so viel ich weiß, ein Jahr.“
Eichelwolf rief ihnen „Tempo!“ zu und rannte voraus. Nett war es nicht, dass er sie herumkommandierte, aber er war nun einmal der zweite Rudelführer. Bei den Grünwaldwölfen gab es sogar noch einen dritten Rudelführer, eigentlich eine Rudelführerin: Teichtiger. Silbertiger hatte sie schon einmal gesehen. Sie hatte ein schwarzes, dichtes Fell.
Langwolf rief, sie sollten sich aufteilen. Eichelwolf befahl: „Langwolf, du gehst mit Katzenwolf und Himmelwolf. Silbertiger, du kommst mit mir. Ihr geht schon mal zum Grenzsee vor, wir kommen dann nach.“ Mit einem Blinzeln bedeutete er den drei, dass sie sich entfernen sollten. „Komm mit“, flüsterte der zweite Rudelführer Silbertiger dann zu. Sie folgte ihm durch das Gebüsch, bis er sich auf einen Stein vor einem niedrigen Abgrund setzte. Sie gesellte sich zu ihm.
„Ich muss mit dir reden“, hob Eichelwolf an, „es ist so: Wenn deine Freunde alleine dort draußen sind, haben sie keine Chance. Bären und Füchse streifen manchmal durch unser Revier. Zufällig habe ich heute etwas geträumt: Es war ein steiler Vorsprung zu sehen, von dem tiefrotes Blut floss. Es wurde immer mehr und mein Fell färbte sich rötlich. Dann blitzten Krallen auf

und viele aufgerissene Mäuler mit spitzen Zähnen waren zu sehen. Anschließend zerrissen Hilfe- und Angstschreie die Stille. In dem Moment schlossen sich meine Augen von selbst und noch mehr Blut tropfte herab. Danach wachte ich auf." Er machte eine Verschnaufpause.
Silbertiger musste schlucken. Hoffentlich hing dieser Traum nicht mit ihren Freunden zusammen. Oder doch?
„Ich will dir keine Angst machen, aber ich weiß nicht, ob deine Freunde noch leben oder nicht."

13 Eine Drohung!

Nach diesem Gespräch eilten die beiden zum Grenzsee. Silbertiger hatte schon eine Maus zwischen den Zähnen. Die drei anderen waren noch nicht zu sehen. Eichelwolf erklärte: „Der See ist die Grenze zwischen Braunwaldwolfsrevier und Grünwaldwolfsrevier. Diese darf man nicht übertreten, das ist strengstens verboten. Darum ist Mondwolf auch so aufgebraust, als Vogelwolf in unser Revier kam. Der Grenzsee gehört keinem. Nur der Natur."

Das wusste sie schon alles. Der Nachmittag verging schnell. Mit zwei Hasen, fünf Mäusen, zwei Eichhörnchen und einem Maulwurf kehrten die fünf zum Rudel zurück.

Cool, heute war Heulabend. Dass die drei Rudelführer und die Wolfswelpen nicht mitkamen, hatte Himmelwolf nicht erwähnt. Schnellwolf und Buttertiger führten das Rudel durch den Wald. Es raschelte immer wieder, als Silbertiger auf die trockenen Blätter stieg. Ganz oben am Himmel war der Vollmond zu sehen, umgeben von Sternen.

Irgendwie war es gruselig im Wald, so stockdunkel. Was, wenn es stimmte, dass Lola, Nico und Kevin nicht mehr lebten? Silbertiger würde alles tun, um ihre Freunde zu retten. Ach, Lola war ihre allerbeste Freundin. Die beiden waren so etwas wie Blutsfreundinnen. Sie hatten sich geschworen, sich niemals zu trennen, daran waren sie aber schon gescheitert. Sie würde Nicos Witze und Kevins Höflichkeit vermissen, ganz sicher.

Eine Stimme riss sie aus ihren Gedanken. Lichttiger lief neben ihr her. „Hat dir schon jemand vom Heulabend erzählt?" Ihre Stimme klang freundlich und hilfsbereit.
„Sicher. Himmelwolf hat mir viel erzählt und er ist echt cool. Ich bin ihm dankbar, dass er mir so viel beibringt."
Lichttiger schenkte ihr noch ein Lächeln, bevor sie sich zu den Wölfinnen vor Silbertiger gesellte. Lichttiger war wirklich eine gute Freundin, wenn man das bei Wölfen so sagen darf. Silbertiger verringerte ihr Tempo, bis sie neben Himmelwolf, Dornenwolf und Feuertiger herlief. Sie fragte, warum Mondwolf, Eichelwolf und Teichtiger nicht mitkamen.
Himmelwolf stieß hastig hervor, bevor ihr jemand anderer antworten konnte: „Oh, tut mir leid, dass ich das nicht erwähnt habe. Die Rudelführer haben einen eigenen Heulabend. Sie müssen auf das Dorf aufpassen, während wir weg sind." Sein Fell streifte ihres. Viele Gefühle schwappten von ihm zu ihr hinüber, die sie aber nicht entschlüsseln konnte. Mit sanfter Stimme fuhr ihr Freund fort: „Die Wolfskinder kommen auch nicht mit. Sie sind zu jung, um an diesem Abend teilzunehmen." Himmelwolf empfand etwas für Silbertiger. Aber was?
In diesem Augenblick ging es bergauf. Silbertiger war ganz kribbelig vor Aufregung. Als das Rudel ganz oben am Berg der Steine ankam, ergriff Buttertiger das Wort. Sie sagte, sie dürften nun anfangen, und der Mond würde sich freuen. Auf ein Ohrenzucken von Buttertiger hin verteilte sich das Rudel. Dann reckten sie ihre Hälse in Richtung Himmel und ein Heulen drang aus ihren Kehlen. Silbertiger tat es ihnen gleich. Ihr Heulen überdeckte das der anderen und die Wölfin konnte das Gefühl nicht loswerden, frei zu sein. Plötzlich hatte sie einen Traum.
Vor ihr tauchte Nico auf. Alles um sie herum war dunkelbraun.
„Nico, wo seid ihr?"
Nico ließ den Kopf hängen und sagte leise: „Ich spüre Gefahr.

Wir wissen nicht, wo wir sind. Lola wurde von einem Fuchs angegriffen. Ihr geht es wieder besser, aber unsere Zeit wird kommen." Wie aus der Pistole geschossen, fragte sie: „Was? Was bedeutet das? Verlasst mich nicht, kehrt zum Rudel zurück! Bitte!" Sie wurde panisch und ihr Herz raste.
„Wir können nicht." Die Stimme gehörte Kevin, der hinter Nico auftauchte. „Eichelwolf könnte recht behalten. Wir sind in Gefahr, aber es ist Schicksal. Mach dir keine Vorwürfe, du kannst uns jetzt nicht helfen."
Panik rumorte in ihr. Was war mit Lola? Wieso? Weshalb? Warum? Sie hätte Millionen von Fragen stellen können. Sie schluchzte bitterlich, weil sie MIT ihren Freunden nach Hause gehen wollte.
„Mach es uns nicht so schwer, Bella, bitte!", flüsterte Kevin.
In dieser Sekunde musste sie etwas ganz Wichtiges fragen: Würde sie Lola, Kevin und Nico jemals wiedersehen?
Die beiden zögerten. Niemand wusste eine Antwort auf diese Frage.
Schon lösten sie sich in Luft auf und Silbertiger erblickte den Mond. Sie hätte nur zu gerne die Antwort gewusst, doch keiner konnte sie ihr geben. Was, wenn es schon geschehen war? Sie könnten schon tot sein und dies waren ihre Geister. Würde sie damit recht behalten? Silbertiger wünschte sich nur nach Hause, aber ein Wolf zu sein war das Beste, was sie je erlebt hatte. In ihrem Wolfskörper war sie frei und im Rudel fühlte sie sich wie zu Hause. Wollte sie überhaupt wieder ein Mensch sein? In die Schule gehen? Oder wollte sie eine Wölfin bleiben? Das war die wichtigste Frage überhaupt: Wolf oder Mensch? Silbertiger wusste nicht weiter. Sie konnte diese schwierige Frage nicht beantworten. Sie hatte noch viele Tage Zeit, bevor sie sich entscheiden musste.
Dann verstummte das Heulen und Schnellwolf begann zu sprechen: „Der Mond dankt uns sehr, wir haben es verdient, wieder zum Rudel zurückzukehren." Der Wolf ließ ein letztes Jaulen

hören und befahl ihnen, den Heimweg anzutreten.

Hinter Silbertiger trottete Schattenwolf her. Die beiden waren die letzten. Plötzlich hielt er sie zurück. „Wehe, du verrätst Vogelwolf! Dann bekommst du es mit mir zu tun!“ Schattenwolf sah sie drohend an.
Silbertiger wiedersprach ihm: „Wieso magst du ihn? Er ist ein Braunwaldwolf!“
Er sah zu Boden und flüsterte: „ Na und? Er ist nett. Nur ein Wort, und du wirst dafür bezahlen! Verstanden?“
„Was? Erstens: Ich hatte nicht vor, etwas zu sagen. Und zweitens: Was hast du nur gegen mich? Ich habe dir nichts getan!“, sagte sie verwundert.
Schattenwolf zog die Lefzen zurück und fuhr die Krallen aus. „Du bist ein Mensch!“
Silbertiger zögerte. „Wenn ich mich entscheide, ein Wolf zu bleiben, darf ich dann bei euch bleiben?“
„Dann musst du mit mir auskommen!“ Schattenwolf zog die Krallen wieder ein und knurrte, als würde er sie jeden Moment zerfleischen: „Ich werde niemals mit dir auskommen!“ Mit diesen Worten folgte er mit viel Tempo dem Wolfsrudel, das schon viele Meter entfernt war.
Silbertiger folgte mit zusammengekniffenen Augen. Das erste Mal hatte sie Angst vor einem Wolf im Rudel.
Als sie im Lager ankamen, rief Eichelwolf: „Rudelgepräch!“ Was? Eine Versammlung mitten in der Nacht? Ach nein! Sie wollte nur schlafen. Schattenwolfs Drohung hatte ihr gereicht.
Mondwolf hatte die Augen traurig geschlossen. Auch Eichelwolf ließ den Kopf hängen. Er wartete, bis alle ihm zuhörten und sagte

dann: „Es ist etwas Schreckliches passiert. Mondwolf und ich unterhielten uns neben der Gästehöhle. Danach wollten wir Teichtiger wecken. Doch sie war nicht da.“ Der zweite Rudelführer zögerte kurz und fuhr fort: „Als wir im Wald suchten, fanden wir sie auch nicht. Doch am Kampfplatz ... da lag sie. Ihr schlaffer Körper bewegte sich nicht. Wir fanden Bärenspuren!“

Oh nein! Silbertiger sah, wie Schattenwolfs Augen triumphierend aufblitzten. Teichtiger war doch so nett gewesen! Dieser Bär war in ihrem Revier. Das war nicht gut. Mondwolf trat einen Schritt zurück und hinter ihm tauchte die blutige Leiche von Teichtiger auf.

14 Schattenwolfs Plan

Das Rudelgespräch war noch nicht zu Ende. Schattenwolf schrie mit gefletschten Zähnen: „Wir müssen diesen Bären zur Hölle schicken! Greifen wir ihn an, denn nur so können wir uns an ihm rächen!“ Viele Wölfe stimmten ihm zu und überlegten sich einen Racheplan. Schattenwolfs Schwanz peitschte glücklich hin und her.

„Ruhe!“, brachte der Rudelführer heraus und alle verstummten, „es könnte auch sein, dass Teichtiger ihn aus Angst angegriffen hat. Wir werden ihn verjagen und nicht töten! Seid ihr verrückt? Wenn wir ihn umbringen, könnten seine Freunde an uns Rache nehmen. Dieses Gespräch ist hiermit beendet. Wir werden morgen etwas unternehmen!“ Damit hob Mondwolf die Versammlung auf.

Wieso hatte sich Schattenwolf über Teichtigers Tod gefreut? Und wieso wollte er jetzt auf einmal Rache nehmen? Das passte doch nicht zusammen, oder? Silbertiger runzelte die Stirn.

Langsam löste sich das Rudel auf, nur Schnellwolf, Bärenwolf, Katzenwolf und Gelbtiger saßen im Kreis um Schattenwolf herum und hörten ihm gebannt zu. Er plante wohl schon den Tod des Bären. Natürlich ganz im Geheimen.

Silbertiger zog sich in ihre Höhle zurück. Dort kam sie endlich zur Ruhe. Aber plötzlich bekam sie panische Angst vor Schattenwolf. Er hatte gerade gezeigt, dass er Macht über die vier Wölfe hatte, die ihm so andächtig zuhörten. Unzählige

Gedanken gingen ihr durch den Kopf. Aber schließlich schlief sie doch ein.
Dieses Mal träumte sie von einem Wolf, den sie hasste – nämlich Schattenwolf. Sie befand sich im Wald. Hinter einem Felsen entdeckte sie einen Bären und Schattenwolf.
„Danke, der Nächste, den wir vernichten, ist Eichelwolf. Wenn ich erst mal dritter Rudelführer bin, dauert es nicht mehr lange und ich regiere die Grünwaldwölfe. Du bringst ihn um und bekommst dafür mehr Beute. Verstanden?“, sagte Schattenwolf und warf dem Bären vier Mäuse und drei Fische zu.
Mit einem grimmigen Blick durchbohrte der braune Bär den schwarzen Wolf. Es sah so aus, als würde er diesen Vorschlag nicht annehmen wollen. „Na hör mal! Findest du das nicht etwas schlimm? Müssen wir sie gleich umbringen? Können wir sie nicht einfach davonjagen? Das macht keinen Spaß mehr“, sagte der Bär entschlossen.
Widerwillig erklärte Schattenwolf dem Bären seinen blutrünstigen Plan nochmals. Doch der Bär blieb bei seiner Meinung. Er war eigentlich ganz nett, aber Schattenwolf brachte ihn dazu, schreckliche Taten zu vollbringen.
Nun verstand Silbertiger das Ganze: Schattenwolf hetzte den Bären auf die Wölfe, damit der Verdacht nicht auf ihn fiel. Er legte den Bären rein. Im Dorf hatte er noch so getan, als würde er den Bären angreifen wollen. Doch in Wirklichkeit erpresste er ihn. Zum Glück wehrte der Bär sich wenigstens mit Worten.
„Komm doch, bitte“, sagte Schattenwolf zum Bären, „du weißt, dass es mir wichtig ist. Es war schon immer mein Traum, einmal Rudelführer zu werden. Du hilfst mir dabei, ihn wahr werden zu lassen. Es ist so, als würde das Rudel aus Steinen bestehen. Und dass ein paar Steine davongespült werden, ist nicht so schlimm, so ist nun mal die Natur“, versuchte Schattenwolf den Bären umzustimmen.

Es schien so, als würde der Bär darüber nachdenken. Schattenwolf war ein richtiger Schleimer. Sollte Silbertiger etwas tun? Nein, wie denn, das war ja ein Traum. In so einem Traum kann man nun einmal nichts ändern. Da passieren die Dinge einfach. Trotzdem hörte sie gespannt zu.
Der Bär trat vor Schattenwolf hin. Die zwei starrten einander ununterbrochen an, bis der Bär ihn fragte, ob er es auch wirklich ernst meinte.
Der schwarze Wolf sagte: „Natürlich! Du bekommst Fische und Mäuse, mehr als du dir je erträumen könntest. Sei nicht dumm, ich würde dich nie reinlegen. Du musst einfach nur Eichelwolf töten. Mir ist egal, wie du das machst, Hauptsache, er ist weg. Danach werden wir die dicksten Freunde sein, das verspreche ich dir."
Der Bär nickte und sagte: „Also gut."
Nun hatten die beiden einen Deal.
Silbertiger konnte ihren Traum kaum fassen. Wusste Schattenwolf, dass sie ihnen zuhörte? Wieso träumte gerade sie davon? Und vor allem: Sollte sie es jemandem erzählen? Es war total schlimm, einen Bären auf jemanden zu hetzen. Vor lauter Aufregung trat sie auf einen Ast, der laut knackte. Schattenwolf riss seinen Kopf in die Höhe und hielt Ausschau. Als der Bär ihn fragte, was los sei, antwortete er: „Ach, ich dachte, ich hätte etwas gehört. Egal. Ich wünsche dir noch eine schöne Nacht."
Ängstlich duckte sich Silbertiger. Als der Bär weg war, entdeckte Schattenwolf sie. Vor Überraschung stand ihm das Maul offen. Blitzschnell drehte Silbertiger sich um und verschwand im Wald. Dieser Mörder – deshalb also hatte er sich über Teichtigers Tod gefreut! Er hatte schon längst alles geplant gehabt und Bescheid gewusst. Das beantwortete wenigstens eine von vielen Fragen.
„Schnell, es gibt schon wieder ein Rudelgespräch, Silbertiger!", weckte eine Stimme sie aus ihrem Traum. Diese Stimme gehörte

Himmelwolf, der vor ihr hockte und sie rüttelte. Silbertiger murmelte, sie sei wach, und schon war sie auf den Beinen. Von draußen konnte man eine Stimme hören, die zur Versammlung rief. Der Wind blies den beiden um die Ohren, als sie aus der Höhle kamen und sich hinsetzten. Alle Mitglieder des Rudels waren anwesend, auch der Wolf aus ihrem Traum.

„Es ist an der Zeit", begann Mondwolf, der auf dem großen Stein saß, „einen dritten Rudelführer zu ernennen. Ihr wisst, wir haben Teichtiger auf den Leichenplatz gebracht."

Der Leichenplatz war ein Platz, wo sie die Wölfe hinbrachten, wenn ihr Leben zu Ende war. Dort war es wirklich nicht schön.

„Ich werde nun einen treuen Wolf bitten hervorzutreten. An Teichtigers Stelle wird … Schattenwolf treten."

Was hatte er da gesagt? Das war gar nicht gut!

Mit mysteriösem Blick trat Schattenwolf hervor. Die anderen jubelten und jaulten glücklich. Nur Silbertiger konnte dieses Gefühl nicht teilen. Nachdem der Rudelführer Schattenwolf gefragt hatte, ob er diese Stelle annehmen wolle, sagte dieser eingebildet: „Gewiss, Mondwolf!" Dabei grinste Schattenwolf hämisch. Der Rudelführer beglückwünschte ihn und von nun an

konnte Schattenwolf die anderen Wölfe herumkommandieren. Gedacht, getan. Nach dem Rudelgespräch rief der neue dritte Rudelführer Silbertiger, Blautiger, Himmelwolf und Eisschein zu sich. Die Welpen verließen nur selten das Lager. „Ihr geht jetzt jagen! Blautiger, du passt auf sie auf." Er deutete mit dem Schwanz auf Eisschein. Blautiger stimmte zufrieden zu.
Anschließend bohrte Schattenwolf mit seinen Blicken Silbertiger beinahe Löcher ins Fell. Was hatte er vor? Wollte er sie nun auch umbringen? Niemals! Sie zeigte keine Schwäche und machte sich größer. Sie sagte, sie würden zum Grenzsee gehen. Doch Schattenwolf widersprach sofort. Sie sollten in der Nähe des Sonnenteichs jagen, denn dort gab es mehr Beute. Silbertiger zögerte. „Geht!", befahl Schattenwolf, „die Mäuse töten sich nicht von selbst."
Silbertiger blickte mit starrem Blick in seine Augen und flüsterte: „Sicher." Dann liefen Blautiger, Himmelwolf und Eisschein zum Wald. Noch immer ganz verkrampft folgte ihnen die Wölfin.
Himmelwolf übernahm die Führung und blickte sich immer wieder um, um zu sehen, ob Silbertiger ihm folgte. Es kam ihr vor, als wäre er eine Art Wachhund. Obwohl sie ihm die ganze Zeit hinterhertrottete, drehte Himmelwolf sich ständig zu ihr um. Als hätte er Angst, Silbertiger würde davonlaufen oder gefangen werden.
Direkt vor Silbertiger lief Eisschein. Diese drehte sich um und fragte: „Sei ganz ehrlich, magst du Schattenwolf überhaupt?"
Was war das denn für eine Frage! Nein, hätte sie am liebsten geantwortet. Sogar Blautiger sah sie jetzt erwartungsvoll an. Was sollte sie ihnen antworten? Schließlich stotterte Silbertiger: „Ähmm ... sicher. Warum fragt ihr?" Nun blickte auch ihr Freund Himmelwolf sie an. Die sechs Augen, die sie ansahen, glaubten ihr nicht. Blautiger fragte nochmals interessiert nach.

Himmelwolf konnte nur mühsam ein Lachen unterdrücken. Mit fester Stimme sagte Silbertiger schließlich: „Okay, okay, ich mag ihn nicht. Gar nicht. Ihr seid echt anstrengend. Ich hasse ihn, jetzt habt ihr es gehört! Gehen wir."
Nach kurzer Zeit fing es zu regnen an. Leider verscheuchte das die meiste Beute. Sie kamen mit wenig Beute ins Dorf zurück. Die Felle der vier Wölfe waren mit Wasser vollgesogen wie Schwämme. Im Rudel fehlten viele, die bestimmt jagen und kämpfen waren. Silbertiger lief zur Beutegrube, nahm sich ein Rotkehlchen und ließ es sich schmecken.
Da donnerte und blitzte es. Langsam zog ein richtiges Unwetter auf. Silbertiger suchte Schutz in der Gästehöhle, wo bereits Gelbtiger, Löwenwolf und Tigerwolf ein trockenes Plätzchen gefunden hatten.
„Hey, blödes Wetter, oder?", fragte sie.
Löwenwolf nickte und sagte: „So ein Sauwetter hatten wir seit zwei Sonnenlichtern nicht mehr. Es vertreibt unsere Beute."
Na toll! Das hatte gerade noch gefehlt. Schattenwolf kam herein, als wäre er der Wichtigste. Er zog sich in die hinterste Ecke zurück und blickte Silbertiger feindselig an.
Die Nacht schien einfach kein Ende zu nehmen und noch immer blitzte und donnerte es. Schattenwolf rief Silbertiger zu sich. Er legte seinen Schwanz auf die Pfoten und machte einen Buckel. Die Wölfin ging zu ihm und fragte genervt, was los sei. Ihre Stimmte hörte sich wie ein Bellen an, das immer lauter wurde. Was wollte er nur von ihr?
Schattenwolf wartete, bis sie sich Schnauze an Schnauze gegenüberstanden. Dabei flüsterte er: „Nur so rein zufällig: Hast du von einem Bären geträumt?"
Woher wusste er das? Hatte er sie also doch entdeckt?
„Ich ... wieso fragst du?" Sie fuhr vorsichtshalber ihre Krallen aus.

Sein Fell sträubte sich und er bellte, ob sie jetzt davon geträumt hätte oder nicht!
Silbertiger holte gerade Luft, um zu antworten, als draußen ein herzzerreißender Schrei ertönte.
Alle fünf rannten aus der Höhle, sahen sich um und hörten mehrere Schreie neben dem Welpenbau. Silbertiger flitzte voraus. Panik stieg in ihr hoch. Hinter dem Bau entdeckte sie drei Füchse, die Lichttiger und Bachtiger umringten. Bachtigers Blick verriet, als sie Silbertiger sah, dass ihr ein Stein vom Herzen fiel. Die Wölfin warf sich auf einen gelenkigen, kleineren Fuchs. Dieser schnappte sofort nach ihr, doch sie wich ihm geschickt aus. Die anderen kamen ihr zu Hilfe und nach kurzer Zeit flohen die Eindringlinge.
„War doch einfach!", sagte Himmelwolf erfreut.
Von wegen einfach! Angst überkam Silbertiger, als plötzlich eine ganze Horde Füchse ins Lager eindrang.

15 Fuchsalarm

Oh, nein! Es waren nur Mondwolf, Himmelwolf, Silbertiger, Schattenwolf, Blautiger, Gelbtiger, Bachtiger und Buttertiger hier, um zu kämpfen. Es hieß also acht gegen etwa zwanzig. Mit aufgerissenen Mäulern griffen die Füchse das Rudel an.
„Haltet aus! Bald kommen die Jäger und Kämpfer zurück!", schrie Mondwolf. Er wollte den anderen Mut machen, doch er hatte Angst um sein Rudel.
Ein großer, dunkelroter Fuchs fiel Silbertiger an. Sie wusste, wie man Füchse zur Strecke brachte: die Zähne kräftig in ihrem Hals vergraben. Ihr Gegner wusste aber auch, wie man Wölfen schaden konnte. Er packte sie und drückte sie zu Boden. Silbertiger biss ihn in den Schwanz, doch er jaulte nur auf und drückte noch fester zu. Sie heulte wütend, worauf ihr Himmelwolf zuhilfe kam. Doch bevor sie aufstehen konnte, wurde sie schon von zwei weiteren Füchsen von der Seite her angegriffen. Es war einfach aussichtslos! Würde das Rudel nun untergehen? Schon zerrissen Krallen ihr das Fell und Mäuler schnappten nach ihren Pfoten. Blut färbte ihr Fell rot. Sie tat so, als würde sie in Ohnmacht fallen, damit die Füchse dachten, sie wäre tot. Es klappte! Die Füchse entfernten sich. Silbertiger schoss ein scharfer Schmerz durch den Körper. Um sich herum hörte die Wölfin Gejaule und Pfotengetrampel. Waren es Füchse? Oder ihre Rudelfreunde? Würde einer von ihnen sterben? War das das Ende? Sie konnte

ihr Rudel doch nicht zugrunde gehen lassen! Sie musste weiterkämpfen!
Silbertiger versuchte aufzustehen, sank aber leider sofort wieder um. Sie war zu schwach. Irgendetwas sprang über sie hinweg und landete sacht auf der Erde. Das Tier ging zu ihr und flüsterte triumphierend: „Endlich tot!" Das war ein Grünwaldwolfsgeruch. Schattenwolf! Bestimmt. Das also wollte er! Plötzlich wurde Silbertiger von vier Pfoten hochgehoben.

Sie öffnete die Augen, doch bevor sie etwas sagen konnte, ließ man sie in ihren Bau plumpsen. Die Pfoten, die sie getragen hatten, gehörten Buttertiger und Gelbtiger, die selbst viele Wunden davongetragen hatten. Buttertigers Ohr war zerkratzt und aus Gelbtigers Schwanz strömte Blut.
„Bleib hier, Silbertiger! Deine Wunden sind sehr gefährlich." Gelbtiger kreischte fast und man konnte ihr Herz laut pochen hören.
„Nein, es tut mir leid, aber ich kämpfe weiter!" Mit diesen Worten schlüpfte Silbertiger zwischen den beiden Wölfinnen

hindurch und sprang einem der Füchse, der sich drohend neben Mondwolf aufgebaut hatte, auf den Rücken. Mondwolf schrie auf, als ein Fuchs seine Krallen in sein Fell bohrte. Heulend vor Wut stieß Silbertiger den Fuchs um, worauf er in den kleinen Bach fiel. Dort blieb er leblos liegen. Ja! In ihren Adern floss wieder Energie! Als sie sich umsah, hörte sie Schreie und sah Fellknäuel, die auf der Wiese miteinander rangen. Auf einmal schlug ein Blitz nahe dem Welpenbau in einen Baum ein und dieser brach entzwei. Sofort prasselte Regen herab und lauter Donner war zu hören.

Doch dann kam Rettung: Lichttiger, Bärenwolf, Katzenwolf, Feuertiger, Löwenwolf, Tigerwolf, Schnellwolf, Dornenwolf, Sonnenwolf, Langwolf und der zweite Rudelführer tauchten endlich aus dem Wald auf und gaben den Füchsen Saures.

Hinter Silbertiger tauchte Eichelwolf auf und rief ihr zu: „Bring Wolkenschein und Eisschein zum Leichenplatz. Dort sind sie sicher. Schnell!"

Sie nickte und erinnerte sich, wie Himmelwolf ihr den Weg dorthin gezeigt hatte. Hoffentlich ging es den beiden Kleinen gut! Kurz darauf wollte sich ein Fuchs auf sie werfen, doch sie wich aus und lief in Richtung Welpenbau. Ihre Pfoten schmerzten, als sie dort ankam. Sie sah, wie sich gerade ein Eindringling auf die zwei kleinen Wölfe warf. Mit einem wütenden Bellen griff Silbertiger an und rief: „Verschwinde!" Eisschein zitterte und Wolkenschein heulte ganz leise. Als sie den Rotpelz abgeschüttelt hatte, sagte Silbertiger zu den beiden: „Schnell, wir gehen zum Leichenplatz, dort seid ihr in Sicherheit!"

Wolkenschein zuckte mit dem Schwanz und flüsterte: „Und was ist mit Bachtiger und Löwenwolf?"

Was sollte sie nun sagen? Dass sie vielleicht auch sterben könnten? „Euren Eltern geht es bestimmt gut. Kommt!" Silbertiger schlich tief geduckt durch das Dickicht. Ängstlich folgten ihr die

Wolfskinder nach draußen. Die Erde war weich und das Unwetter ließ allmählich nach. Mit heiserer Stimme sagte Silbertiger:„Es wird euch nichts geschehen! Wir werden die Füchse bestimmt vertreiben.“ Sie glaubte zwar selbst nicht an ihre Worte, doch sie klangen überzeugend.

Noch nie war ihr eine Nacht so lange vorgekommen. Die Sterne funkelten und der dunkle Himmel wirkte dadurch hell. Eisschein brach die Stille und fluchte leise. Ihre Worte passten genau zu diesem Ort. Vor ihnen war eine Schlucht, über der ein umgestürzter Baumstamm lag. Silbertiger lief ein kalter Schauer über den Rücken, als sie sah, wie tief die Schlucht war. Sie brach in Panik aus. „Das ist der falsche Weg. Ich habe vergessen, wie man zum Leichenplatz kommt. Wisst ihr es vielleicht?“ Doch ihre Hoffnung, dass die Kleinen den Weg kannten, war vergeblich. Wolkenschein schüttelte den Kopf und Eisschein erklärte ihr, dass sie ja fast noch nie hier draußen gewesen waren.

Der Weg zum Leichenplatz war in ihrem Kopf wie weggeblasen. Silbertiger schloss die Augen und nach einer Weile erkannte sie den Geruch toter Wölfe. Langsam ging sie durch den Wald. Ein leises Schnaufen zeigte ihr, dass die zwei kleinen Wölfe ihr folgten. Es kam ihr vor wie eine halbe Ewigkeit. Sie öffnete die Augen und blickte auf einen steinigen Weg. Endlich! Ein paar Meter vor ihnen tauchte ein Tunnel auf, durch den man auf den Leichenplatz kam. „Jackpot!“, flüsterte Silbertiger kaum hörbar. Eisschein und Wolkenschein sahen sehr erleichtert aus.

Am Leichenplatz angekommen, entdeckten sie ein paar tote Wölfe, die schlaff auf der Erde lagen. Auch Teichtiger lag leblos dort. Trauer mischte sich in Silbertigers Gedanken.

„Weißt du schon das Neueste? Wir bekommen neue Welpen im Rudel“, berichtete Eisschein. Sie war wirklich gut darin, das Thema zu wechseln. Eisschein fügte hinzu, dass sie sich darüber freue. Die drei setzten sich. ‚Toll, neue Wolfskinder‘, dachte Silbertiger.

Plötzlich entdeckte sie etwas. Auf der schmutzigen Erde lag ein oranger Stofffetzen. Lola hatte so ein oranges T-Shirt angehabt. Also waren ihre Freunde hier gewesen. Das war eine Spur! Doch jetzt musste sie auf die Kleinen aufpassen, dann musste ihr Rudel den Kampf gegen die Füchse gewinnen und erst dann konnte sie sich wieder auf die Suche nach ihren Freunden machen.
Eisschein fragte: „Wieso gehst du nicht und hilfst dem Rudel?"
Gute Frage! Silbertiger erklärte, dass sie auf die beiden aufpassen müsse.
Wolkenschein schnappte wütend: „Aufpassen? Immer denken die anderen, wir können nicht auf uns selber aufpassen!" Sein starrer Blick verriet, dass er zornig war.
„Ich denke das nicht! Kann ich gehen?"
Die beiden Welpen überlegten und sagten wie aus einem Mund, dass sie alle gemeinsam gehen sollten. Der Kampf war bestimmt schon vorbei.
Der Rückweg war fast zu einfach. Kein Tropfen fiel mehr vom Himmel. Ob das Rudel es wohl geschafft hatte?
Als sie im Lager ankamen, waren die Füchse verschwunden. Alle waren um Mondwolf versammelt. Sonnenwolf hatte die meisten Verletzungen davongetragen. Na ja, eigentlich Silbertiger! Aber trotzdem: Sie hatten es geschafft!
„Wir gehen jetzt zum Bach", sagte Mondwolf, „die Wunden werden heilen, wenn das Blut erst mal weggewaschen ist."

16 Nichts als Wasser

Am Bach wartete schon Bachtiger auf sie, die sofort auf ihre Jungen zustürzte. „Geht es euch gut?“, wollte sie wissen, „ich habe mir solche Sorgen um euch gemacht!“ In ihrer Stimme waren Angst, Trauer und Sorge zu hören. Sie klang wie eine Mutter, die befürchtet hatte, ihre Kinder nie wiederzusehen. Eisschein und Wolkenschein brannten vor Wut und Scham, als Bachtiger sie umarmte und so tat, als könnten die beiden nicht auf sich selber aufpassen.

„Uns geht es gut, Silbertiger hat uns zum Leichenplatz gebracht“, erwiderte Eisschein und fügte leise hinzu, „lass uns los, das ist doch peinlich!“

Ihre Mutter trat zurück und Löwenwolf kam angerannt. Nach einem Augenblick sagte er sanft: „Vielen Dank, Silbertiger, das werden wir dir nie vergessen.“

Wolkenschein erzählte seiner Mutter stolz: „Uns hat ein Fuchs angegriffen. Wir hab…“

Bachtiger fiel ihm besorgt ins Wort: „Ach, zum Glück hat Silbertiger euch gerettet! Ihr hattet bestimmt Angst, aber nun bin ich ja bei euch.“

Zorn überkam die beiden kleinen Wölfe, als jetzt auch noch Schattenwolf leise zu lachen anfing.

Die Armen! Silbertiger konnte die beiden kleinen Wölfe nicht im Stich lassen. Auf keinen Fall! „Eigentlich sind sie sehr gut alleine zurechtgekommen. Ich habe den Fuchs nur endgültig weggejagt.

Für den Rest haben die Kleinen selber gesorgt." Eine kleine Lüge durfte schon einmal sein. Unauffällig zwinkerte Silbertiger den beiden zu.
„Wirklich?" Löwenwolf klang überrascht.
Die Geschwister lächelten und genau das hatte Silbertiger erreichen wollen.
Die Dämmerung brach an und die Sonne ging langsam auf. Einige Vögel zwitscherten und das, was vorher Gras unter ihren Pfoten gewesen war, hatte sich in Matschpfützen verwandelt.
Silbertiger schloss sich den Wölfen an, die die meisten Wunden abbekommen hatten. Eichelwolf führte diese Gruppe an. Mondwolf rief den anderen, die nur ein paar Kratzer abbekommen hatten, zu: „Wir warten, bis Eichelwolf zurück ist!"
Nach wenigen Schritten fuhr Silbertiger wieder ein Schmerz durch die Pfoten. Ihr blutiges Fell zog die Aufmerksamkeit von Himmelwolf auf sich. „Du siehst ja aus wie der Tod!", sagte er.
„Ach, es geht schon", antwortete Silbertiger.
Ihr zweiter Rudelführer hatte eine kleine Beule auf der Stirn und drei verletzte Pfoten davongetragen. Sonnenwolf, Lichttiger, Bärenwolf, Buttertiger, Feuertiger, Schnellwolf und Löwenwolf sahen auch nicht viel besser aus. Unter dem Kampf hatten alle gelitten!
Manche sprangen mit letzter Kraft in den Bach und das Wasser färbte sich rot. Silbertiger hielt ihren Schwanz hinein. Kalt! Als Bärenwolf ins Wasser glitt, brach er zusammen. Die Strömung zog ihn mit sich und er zappelte und schrie um Hilfe. Er war ja auch schon ein älterer Wolf.
„So tut doch etwas!", schrie Buttertiger und versuchte, zu ihm zu gelangen, doch die Strömung war zu stark. Silbertiger und Eichelwolf rannten den Bach entlang, er auf der einen Seite und sie auf der anderen. Bärenwolf schluckte Wasser, und da der Bach dort tiefer wurde, konnte er sich nur mühsam über Wasser halten.

Silbertiger rief: „Du schaffst es! Lass dich nur nicht in die Tiefe ziehen!“ Bei ihm angelangt, erwischte sie ihn bei den Vorderpfoten. Der zweite Rudelführer sprang zu ihr auf die andere Seite des Bachs, doch er rutschte aus und fiel nach hinten.
„Nein!“ Bei Buttertigers Schrei zuckte Silbertiger zusammen. Eichelwolf klammerte sich an Bärenwolf. Sie waren viel zu schwer für sie! Das schaffte sie nicht! Erleichterung überkam Silbertiger, als Himmelwolf ihren Schwanz packte und die anderen sich gleich dahinter aufreihten. Sie zogen und zogen, doch plötzlich konnte Bärenwolf sich nicht mehr festhalten und entglitt ihr. „Nein!“ Wieder schrie Buttertiger auf. Doch wenigstens der zweite Rudelführer war jetzt sicher wieder an Land. Nur Bärenwolf trieb noch immer durch den wilden Bach.
Was nun? Feuertiger sprach Silbertigers Gedanken aus: „Was sollen wir tun? Wenn wir hineingehen, reißt uns die Strömung auch mit. Sie ist stärker geworden und der Bach wird dort breiter. Bärenwolf wird nicht mehr lange durchhalten!“
Nein! Bärenwolf würde nicht ertrinken! Nicht, wenn sie es verhindern konnte! Silbertiger sagte, sie wolle hineingehen. Eichelwolf erwiderte: „Bist du verrückt? Das kann tödlich sein. Du wirst nicht in den Bach steigen!“ Er wusste ganz genau, dass sie ihm nicht folgen würde.
„Tut mir leid, Eichelwolf! Ich tue es wegen Bärenwolf, er braucht meine Hilfe. Ich muss dir leider widersprechen.“ Mit diesen Worten sprang Silbertiger in den Bach. Der zweite Rudelführer, der immer noch benommen am Boden lag, sprang auf und rief entsetzt ihren Namen. Silbertiger ließ sich treiben und konnte so ohne Aufwand und Anstrengung zu Bärenwolf schwimmen. Doch plötzlich wurde sie von etwas in die Tiefe gezogen. Sie hatte so etwas schon einmal erlebt und wollte es nicht noch einmal. Die Wölfin blickte sich um. Dieses Mal war kein Maul zu sehen, auch kein Blau, sondern der Mond. Es war, als würde er zu ihr sprechen.

„Silbertiger", sagte er, „ich bin es, der Mond. Du hast Kräfte, die unvorstellbar sind. Du hast die Macht, uns alle zu retten!"

Silbertiger wirbelte herum und fragte, was das heißen sollte.
Der Mond überlegte. „Das wirst du noch früh genug erfahren! Schau erst einmal, dass du diesen Fisch, der an dir hängt, abschüttelst. Und dann rette Bärenwolf. Ich zähle auf dich!"
Danach war der Mond verschwunden und die Realität holte Silbertiger ein. Sie wurde von einem großen Fisch nach unten gezogen. Einem Stör.
Silbertiger trat ihm auf die Nase und er ließ los. Wieder an der Oberfläche angekommen, entdeckte sie Bärenwolf, der schon halb ertrunken war.
„Häng dich auf mich drauf. Ich rette uns, versprochen!"
Bärenwolf zuckte zusammen und sah überrascht, dass es Silbertiger war. Die Wölfin paddelte und paddelte, doch leider zog Bärenwolf sie mit seinem Gewicht in die Tiefe. Immer und immer wieder.
„Mach dich leicht!", rief sie mit sehr viel Wasser im Maul.
Bärenwolf holte tief Luft. „Wie denn?"
Silbertiger war sauer. Wie dumm musste man sein, dass man nicht einmal ein wenig mithelfen konnte! Bärenwolf hatte keine Kraft mehr, doch das verstand Silbertiger nicht. Irgendwie schafften sie es, nicht unterzugehen. Da erblickte Silbertiger einen dicken Baumstamm, der halb im Wasser lag. Sie fasste sich ein Herz und schwamm mit letzter Kraft darauf zu, krallte sich am Baumstamm fest und hob Bärenwolf hinauf. Erschöpft blieben sie liegen, um wieder zu Atem zu kommen.

„Ich danke dir so sehr!" Bärenwolfs raue Stimme klang erleichtert.
Schon hörte man Getrampel und die anderen kamen angerannt.
„Wie geht es euch?", fragte einer der Wölfe. Besorgte Blicke und Gemurmel folgten.
„Geht schon", sagte der Gerettete tapfer. Silbertiger nickte und versuchte, auf die Beine zu kommen, aber vergebens. Sie plumpste wieder zu Boden und ärgerte sich darüber.
Schnellwolf schlug vor, die beiden ins Dorf zurückzubringen. Die anderen würden bestimmt schon warten. Eichelwolf bat um Ruhe und sagte: „Einverstanden, Buttertiger und ich helfen Bärenwolf. Löwenwolf und Sonnenwolf, ihr helft Silbertiger!"
Als sie zurück beim Rudel waren, warteten bereits Mondwolf und die anderen auf sie. Sie machten überraschte Gesichter, als Silbertiger und Bärenwolf angehumpelt kamen.
„Was ist passiert? Geht es euch gut?", fragten sie.
Eichelwolf antwortete: „Die beiden hatten einen Unfall im Wasser. Sie müssen sich jetzt ausruhen. Ihr könnt ihnen später Fragen stellen."
Völlig erschöpft und kraftlos ließen Sonnenwolf und Löwenwolf Silbertiger in ihrer Höhle niederplumpsen. Die Sonne stand schon am Himmel und Löwenwolf fragte besorgt, ob sie noch etwas zu fressen brauchte. In diesem Moment fiel ihr auf, wie hungrig sie nach der ganzen Rettungsgeschichte war. Aber die beiden mussten auch Schlaf nachholen.
„Ähmm ... Nein danke. Später", antwortete Silbertiger schon sehr müde. Sollte sie sich selbst noch etwas holen? Ja! Wacklig und unsicher stand sie auf und kam nach ein paar Minuten zurück. Während sie die Maus hinunterschlang, ging ihr einiges durch den Kopf. ‚Ich? Wieso ich? Kräfte? Macht? Sehr interessant! Ich habe doch nur Bärenwolf gerettet. Vielleicht ... Ach, so ein Quatsch. Der Mond hat sich bestimmt geirrt.' Sie verdrängte

diese Gedanken und dachte an etwas anderes. Neue Welpen – von wem wohl? Sicher von Blautiger und Dornenwolf. Sie standen manchmal ganz nahe beieinander und sahen sich mit Blicken an, die fragten: Wie werden unsere Kinder wohl heißen?
Als Silbertiger gefressen hatte, legte sie sich wieder hin. In zwei Wochen war es so weit! Endlich würde sie wieder ein Mensch sein – Bella! Sie musste nur ihr Freunde finden und nach Hause zurückkehren, so einfach war das. Vielleicht waren Lola, Nico und Kevin ja am Lamensee. Doch nein, wieso sollten sie dort sein? ‚Hör auf, dir Sorgen zu machen', sprach sie sich selbst Mut zu, ‚es geht ihnen bestimmt gut.' Das glaubte Silbertiger zwar selbst nicht, aber sie fiel trotzdem beruhigt in den Schlaf.
Sie träumte, Schattenwolf würde zwischen den Bäumen auftauchen. Er tappte hin und her, als würde er nachdenken. Als er Silbertiger entdeckte, knurrte er und sprang ihr entgegen. Seine Pupillen weiteten sich und sein Schwanz schoss in die Höhe. Beim Klang seiner nun sanften Stimme zuckte sie zusammen: „Du hast nicht zufälligerweise von mir und einem Bären geträumt?", fragte er schon wieder.
Diesmal antwortete Silbertiger sofort: „Nö, wieso von einem Bären?" Sie stellte sich ahnungslos.
Nun fegte ein richtig starker Wind durch ihr Fell und die Blätter wirbelten herum. Eines landete auf Schattenwolfs Kopf. Er schüttelte es ab und sagte misstrauisch: „Nur so. Und wenn wir schon dabei sind, können wir ja wie Kameraden miteinander sprechen, ohne uns immer anzubellen. Also, was ist heute am Bach passiert?"
Silbertiger war überrascht über seine Frage und fühlte sich irgendwie unwohl. Schließlich erzählte sie ihm die Geschichte von Anfang bis zum Ende.
Plötzlich fing Schattenwolf zu lachen an. „Dieser alte Wolf! Und du die Retterin des Tages. Hätte ich mir denken können.

Wieso hast du ihn nicht ertrinken lassen? Er wird sowieso bald sterben, also wäre es egal gewesen. Bärenwolf ist ein alter Wolf, das weißt du, und das heißt …"
Er wurde von ihrem wütenden Schnauben unterbrochen. Sie wusste nicht genau, ob Schattenwolf, also Wölfe ganz allgemein, verstanden, dass es ihr egal war, was das hieß. „Du bist ein elender, blöder, stinkender, gemeiner, niederträchtiger Wolf! Weißt du das überhaupt?" Dann jaulte Silbertiger noch einmal auf und rannte davon. Sie spürte die Sonne auf ihrem Fell. Der hatte ja gar kein Mitgefühl! Er fand es lustig, dass Bärenwolf fast ertrunken wäre. Sie hatte verstanden: Wenn Schattenwolf einmal Hilfe brauchte, würde ihm keiner helfen. Dafür würde sie schon sorgen.

17 Das spannende Leben als Wolf

Silbertiger öffnete die Augen und blinzelte durch den Eingang in das Licht des abnehmenden Mondes. Dann rupfte sie sich ein verklebtes Fellbüschel aus und schlenderte nach draußen. Blautiger stand mit Lichttiger vor dem Welpenbau. Blautiger wirkte etwas breiter. Eisschein hatte recht gehabt, es würde bald neue Welpen geben. Silbertiger entdeckte Eisschein und Wolkenschein, die mit Bachtiger und Löwenwolf etwas abseits mit strahlendem Lächeln dasaßen. Wahrscheinlich war heute die Namensänderung der beiden.
Sonnenwolf, Buttertiger und Eichelwolf kamen von der Jagd zurück.
Dann tippte jemand Silbertiger auf die Schulter. Sie drehte sich um und blickte in Dornenwolfs fröhliches Gesicht. „Sie bekommt Welpen! Blautiger bekommt Kinder und ich werde Vater!", sagte er glücklich.
Nun war Silbertiger hellwach. „Wow, super! Ihr werdet bestimmt tolle Eltern."
Dornenwolf drehte sich dankbar um und stieß Glücksschreie aus. Bestimmt würde jeder in zwei Sekunden wissen, dass er Vater geworden war, wenn er so weitermachte.
Silbertiger ging ein paar Schritte weiter und hörte, wie Sonnenwolf zu Mondwolf sagte: „Wir haben einen Hirsch gesehen und ..." Doch bevor sie Näheres erfuhr, kam Wolkenschein stolz auf sie zu und sagte freudig: „Jetzt ist unsere Namensänderung! Komm

mit, Silbertiger." Rasch folgte sie ihm. Da lud auch schon Mondwolfs Stimme alle zu einem Rudelgespräch ein.
Als sich alle gesetzt hatten, trat der Rudelführer hervor und kletterte auf den großen Stein. Dabei schimmerte sein Fell im Mondlicht mehr als sonst. „Es ist Zeit, bald weiterzuziehen. Aber zuerst muss Blautiger ihre Welpen bekommen." Dornenwolf rutschte nervös hin und her. „Und Silbertiger muss ich auch noch helfen. Nun sollen bitte zwei junge Wölfe nach vorne treten, um ihren vollständigen Namen zu bekommen."
Etwas Zeit verging, bis die zwei stolzen Jungwölfe nach vorne traten. Ihre Namen lagen Silbertiger schon auf der Zunge.
„Ihr beiden seid nun schon fast ausgewachsen. Eisschein, von nun an wird dich jeder Eistiger nennen", sagte Mondwolf. „ Wolkenschein, von nun an wird dich jeder Wolkenwolf nennen."
Jubel scholl durch das kleine Dorf. Jeder schien sich zu freuen, dass die beiden Geschwister nun mit auf die Jagd und zum Kampfplatz durften.
Dann ergriff der dritte Rudelführer, Schattenwolf, das Wort: „Eine Frage hätte ich da noch." Mondwolf wirkte überrascht, ließ ihn aber sprechen. Schattenwolf drehte sich zu Blautiger um. Seine Stimme klang nun misstrauisch: „Ist das keinem aufgefallen: Wölfinnen brauchen sehr lange, um ihre Welpen auszutragen. Wie kommt es, dass Blautiger erst vor Kurzem davon erzählt hat? Sie sagte, ihre Welpen würden in ein oder zwei Wochen zur Welt kommen. Wie geht das denn, Blautiger?"

Ach ja! Daran hatte Silbertiger gar nicht gedacht. Dabei hatte Schattenwolf recht. Trotzdem verdarb er dem Rudel damit die Freude. Gemurmel brach aus und Blautiger meldete sich zu Wort: „Ich ... es tut mir leid. Ich hatte Angst, Dornenwolf möchte keine Kinder. Aber mir ist mit der Zeit klar geworden, dass ich so nicht weitermachen kann."
Dornenwolf stand auf und leckte ihr zärtlich übers Fell. Da Mondwolf nichts mehr sagte, war das Gespräch beendet. Himmelwolf kam zu Silbertiger gerannt. Er fragte: „Willst du mitkommen? Feuertiger, Schnellwolf und ich gehen jagen. Vielleicht erlegen wir ja den Hirsch, den Sonnenwolf gesehen hat."
Ja! Endlich etwas zum Beruhigen. Sie willigte ein, sagte aber, sie wolle vorher noch etwas essen. Himmelwolf nickte und entfernte sich langsam. Worauf Silbertiger sich mit einer Ratte unter einen Busch verzog. Ihr Blick schweifte durch das gesamte Dorf, blieb aber bei Blautiger und Schattenwolf hängen. Silbertiger konnte die beiden gut hören.
„Denk ja nicht, dass ich dir das abkaufe." Schattenwolf versuchte freundlich zu klingen. „Sag mir die Wahrheit, ich will sie wissen und erzähle es auch keinem weiter. Dornenwolf liebt dich und er hat sich schon immer Welpen gewünscht. Also wieso ...?"
Er wurde von Blautigers zornigem Heulen unterbrochen. Sie machte einen Buckel, riss den Schwanz in die Höhe und legte die Ohren nach hinten. Dabei wirkten ihre Augen glasig. „Das geht dich überhaupt nichts an! Frag nicht weiter, sondern leb mit meiner Aussage, die stimmt! Misch dich nicht in unser Privatleben ein, du ... du bist nur ein Wolf!"
Schattenwolf öffnete kaum sein Maul, denn er merkte, dass Mondwolf sie neugierig beobachtete. „So redet man also mit seinem dritten Rudelführer? Ich wollte dich bloß etwas fragen. Unser Rudelführer steht hinter mir, also bau ja keinen Mist."

Blautiger wurde plötzlich verlegen. Die Arme! Nun hackte Schattenwolf auch noch auf ihr herum! Mit der Ratte im Bauch lief Silbertiger entschlossen zu den beiden und sagte, Schattenwolf solle Blautiger in Ruhe lassen. „Ich will mich nicht einmischen, aber Blautiger bekommt Welpen, sie darf sich nicht so aufregen."
Blautiger klang dankbar, als sie Silbertiger zustimmte und sagte, sie baue Mist, wo und wann SIE wolle!
Schattenwolf sah die beiden an. Als wäre es Gedankenübertragung, drehten Silbertiger und Blautiger sich gleichzeitig um, lächelten Mondwolf zu und stolzierten zum anderen Ende des Dorfes. „Danke, er ist total nervig", sagte Blautiger. Das wusste Silbertiger besser als die trächtige Wölfin.
In dem Moment hörte sie Himmelwolf sagen: „Komm, wir gehen, Silbertiger!" Himmelwolf, Feuertiger und Schnellwolf rannten bereits zum Wald. Silbertiger verabschiedete sich von Blautiger. Nun war sie wieder frei. Frei von Schattenwolfs Drohungen und seinem Streit mit Blautiger.

18 Hirschjagd

„Es ist sehr selten, dass wir Hirsche oder andere große Tiere wie Rehe oder Wildschweine in unserem derzeitigen Revier finden. Du weißt doch, wir ziehen bald um. Das ist sehr hart. Wir müssen uns ein neues Revier suchen, die Grenzen markieren, einen Berg, den wir wieder den Berg der Steine nennen, finden und vieles mehr. Aber nun müssen wir den Hirsch erlegen, denn dabei werden bestimmt mehrere Mägen satt", erklärte Feuertiger Silbertiger. Dass das Rudelleben so hart war, hätte sie nicht gedacht.
Der Boden wurde nass, als es zu nieseln begann. Es roch nach Herbst. Silbertiger dachte daran, dass sie jetzt in einem weichen Bett zu Hause schlafen und träumen könnte. Stattdessen streifte sie durch den Wald und hielt Ausschau nach einem Hirsch – als Wölfin. Wenn sie je wieder zurückkehren würde, würde keiner ihr die Geschichte glauben, außer ihren Freunden.
Himmelwolf flüsterte: „Halt, hört ihr das?"
Silbertiger konnte gerade noch bremsen, bevor sie gegen Schnellwolf knallte. Ihr Freund hatte recht. Man konnte ein Kratzen hören, so ähnlich, als würde sich ein Tier den Rücken kratzen, doch das war es nicht. Als sie hinter einem Baum hervorspähten, entdeckten sie den Hirsch mit seiner Frau. Es sah so aus, als würden sie sich paaren.
„Volltreffer!", sagte Schnellwolf. In diesem Moment brüllte der Hirsch auf und machte seiner Frau klar, dass sie sich in Gefahr befanden.

Himmelwolf rief: „Lauft!“
Sofort hörte man Kriegsschreie und Feuertiger rief: „Silbertiger und ich greifen die Hirschkuh an und ihr den Hirsch!“
Die schreckhafte Hirschkuh sprang im Zickzack davon, direkt gefolgt von den beiden Wölfinnen. Silbertiger rannte so schnell, dass sie kaum noch wusste, wo oben und unten war. Sie überholte die Hirschkuh und versperrte ihr den Weg. Feuertiger machte einen kleinen Bogen um das Opfer, scharrte in der Erde und blickte in die glasigen, ängstlichen Augen des Tieres.
„Wir müssen sie beruhigen, erst dann können wir angreifen“, sagte Feuertiger.
Langsam hörte die Hirschkuh zu zittern auf und trat einen Schritt zurück. Irgendwie war das gemein. Sie taten so, als würden sie ihr nichts tun, und danach würden sie das Tier töten. Aber es musste sein, für das Rudel, damit niemand zu hungern brauchte. Na ja, Schattenwolf könnte ruhig verhungern, das wäre Silbertiger egal. Plötzlich hörte man Schreie und das Brüllen des Hirsches. ‚Wenn die uns die Show vermasseln …‘, dachte Silbertiger. Danach blickte sie zu Feuertiger, die bestimmt das Gleiche dachte. Schon spitzte die Hirschkuh die Ohren und lauschte.
Blitzschnell sprang Feuertiger ihr auf den Rücken, worauf die Hirschkuh laut quietschte. Silbertiger ging ihr an die Kehle und zog Narbenspuren durch das weiche Fell. Doch schon trat die Hirschkuh die Wölfin zur Seite und schüttelte Feuertiger ab, die sich darauf zornig in den Bauch des Tieres verbiss. Die Hirschkuh brach zusammen, als Silbertiger auf ihren Rücken sprang und die Zähne in ihren Nacken schlug. Strampelnd wehrte sie sich. Doch als Feuertiger ihr in den Hals biss, hörte das Herz der Hirschkuh zu schlagen auf.
In dem Moment trampelte der Hirsch vorbei, aber beim Anblick seiner toten Frau blieb er stehen. Himmelwolf und Schnellwolf wurden langsamer und sahen ihn entsetzt an. Der Hirsch

scharrte mit seinen Hufen und stieß eine zornige Atemwolke aus.

„Ganz brav. So ist das nun mal im Leben ... Du brauchst uns nicht zu zertrampeln ... Du weißt ja, wie der Kreislauf des Lebens funktioniert ... Die Großen und Starken jagen nun mal die Kleinen und Hilflosen ... Ganz ruhig."

Schnellwolf machte vor lauter Anstrengung nach jedem Satz eine lange Pause.

Auf einmal setzte sich der Hirsch in Bewegung und stürmte auf die zwei Wölfe zu. Er sprang über sie hinweg, trat aber beim Sprung Himmelwolf mit seinen Hinterbeinen auf den Rücken. Silbertiger rannte sofort zu ihrem Freund und fragte, ob er schlimm verletzt wäre. Als er aufstehen wollte, zuckte er leicht zusammen. Nun kamen auch Feuertiger und Schnellwolf herbeigerannt. Himmelwolf sagte, es gehe ihm gut und er könne mithelfen, die Hirschkuh nach Hause zu tragen. Feuertiger protestierte: „Nein, sicher nicht! Wir tragen das Futter ins Dorf."

Nachdem sie den Wald ein Stück durchquert hatten, vergewisserten sie sich immer wieder, ob Himmelwolf auch hinterhergehumpelt kam. Silbertiger konnte den Bach, der auch durch ihr Dorf floss, schon von Weitem erkennen. Mit einem Bein der Hirschkuh im Maul murmelte sie: „Machen wir eine Lause!"

Himmelwolf blieb stehen und fragte: „Was?"

Silbertiger holte Luft und ließ dabei das Bein los. „Ich sagte: Machen wir eine Pause? Ich habe Durst, dort ist der Bach! Ich komme mir vor wie eine Verbrecherin. Zuerst wird die

Hirschkuh ermordet, dann greift der Hirsch an und jetzt ... fressen wir sie auch noch!"

Feuertiger und Schnellwolf sahen sie fragend an. Himmelwolf musste grinsen und sie wusste sofort, dass sie dasselbe dachten. Denn sie brachte ihm, wenn sie Zeit hatten, Menschenwörter bei. Das war manchmal zum Totlachen, besonders als sie ihm erklärte, was Hängebauchschweine und Paviane für Tiere waren.

Himmelwolf nickte und humpelte mit einem „Kommt!" als Erstes zum Bach. Mit einem Hechtsprung war Silbertiger bei ihm, blieb aber stehen, als sie unter ihren Pfoten etwas spürte. Sie guckte an sich herab und sah ein Säckchen, auf dem „Whiskas" stand. Es war sogar noch halb voll.

Feuertiger stellte sich sogleich neben Silbertiger und fragte: „Was ist das?" Keiner der drei schien zu wissen, was es war. Nur Silbertiger. „Das nennt sich Katzenfutter. Katzen sind so etwas Ähnliches wie wir, nur viel kleiner. Ihr habt sie bestimmt noch nie gesehen, hier im Wald. Katzen leben meistens bei Menschen."

Silbertiger riss mit den Krallen das Säckchen auf und leckte daran. Es war Hühnerfleisch mit Sauce und schmeckte irgendwie nicht schlecht. Aber es roch fürchterlich! „Nicht schlecht. Probiert mal!"

Vorsichtig kamen ihre Wolfsfreunde näher und probierten. Es schien ihnen ebenfalls zu schmecken. Aber wer könnte das Säckchen hier hingelegt oder vergessen haben? Hier war doch noch nie zuvor ein Jäger gewesen, dachte sie. Mittlerweile war das Säckchen leergeleckt. Schnellwolf sagte schroff: „Gut, aber ich bleibe lieber bei den Mäusen."

Nachdem alle getrunken hatten, kehrten sie ins Dorf zurück. Die Nacht neigte sich bereits dem Ende zu und der Morgen graute.

19 Kompliziert, grausam, aber cool – ja, das ist Liebe

Irgendwie verging die Zeit im Nu. Die drei Wochen waren um. Silbertiger war gerade dabei, ein paar der letzten Überreste der Hirschkuh zu verzehren, als Himmelwolf zu ihr kam. Er humpelte noch immer. Seit dem Unfall mit dem Hirsch war er nicht mehr auf die Jagd gegangen. Leise sagte er zu Silbertiger: „Heute ist es so weit. Du kannst dich entscheiden, ob du Wolf oder Mensch sein willst. Mondwolf nimmt dich später mit."
Was? Heute schon? Silbertiger hatte gar nicht mehr daran gedacht!

Endlich weg von Schattenwolf! Aber da waren ja auch noch ihre neuen Freunde! Besonders Himmelwolf und Lichttiger. Sie würde sie vermissen und niemals vergessen. Genauso wenig wie die Zeit, in der sie mit Himmelwolf geübt, gelacht und herumgealbert hatte. Es war, als wäre ein Teil ihres Herzens hier im Wald

hängen geblieben. Musste denn alles immer so schmerzhaft sein? Wollte sie nicht doch lieber ein Wolf bleiben? Nein! Was war dann mit Lola, Kevin und Nico? Aber was, wenn die schon längst tot waren? Doch das waren sie bestimmt nicht! Was sollte sie nur tun? „Wirklich … ähm, toll“, sagte sie schließlich. Mehr Begeisterung brachte sie nicht auf.
Himmelwolf berührte mit seinem Schwanz ihre Schulter. „Lass mich raten, du entscheidest dich für das Menschsein. Ich nehme es dir nicht übel, im Gegenteil, ich verstehe dich, und zwar sehr gut. Du willst deine Freunde wiedersehen …“, sagte er leise.
Er wurde jedoch von ihrer weichen Stimme unterbrochen: „Nein, doch, ich will sie sehen und ich habe mir auch den Kopf darüber zerbrochen. Ich habe den Entschluss getroffen, wieder als Bella leben zu wollen. Aber … ich habe auch hier Freunde, besonders gute, vergiss das nicht!“ Die Wölfin blickte in Himmelwolfs mondförmige, traurige Augen. So war es nun mal im Leben! Hart, schwer, zum Totlachen, enttäuschend und zum Heulen traurig! Nicht alles hatte ein Happy End. Wieso eigentlich nicht? Das war doch total bescheuert! Sie bemerkte nicht, dass die Bäume um sie herum kaum mehr Blätter trugen. Der Winter stand schon fast vor der Tür.
„Ich wollte dich fragen, ob … ob wir noch ein letztes Mal im Wald spazieren gehen können. Bitte!“, sagte Himmelwolf. Das „Bitte!“ hörte sich an, als würde er ihr gleich um den Hals fallen.
„Klar!“, sagte Silbertiger sofort.
Nachdem sie Eichelwolf gefragt hatten, ob sie in den Wald durften und dieser Ja gesagt hatte, sagte Himmelwolf voller Hoffnung: „Wenn du mir irgendetwas erzählen möchtest, dann mach einfach. Jetzt hast du noch eine Chance dazu.“
Sollte sie ihm von Schattenwolf erzählen? Oder es lieber für sich behalten? „Na ja, da gibt es schon etwas. Du erinnerst dich ja, wie Vogelwolf das Weite suchte. Ich habe ihn zufällig gehört.

Ich bin ihm gefolgt, aber er ist mir leider entwischt. Ich hätte ihn zurückbringen sollen. Aber nicht einmal das kann ich!", gestand Silbertiger bitter.
Himmelwolf blieb stehen, da er auf einen spitzen Stein gestiegen war, der sich in seine Pfote bohrte. Er fragte unter Schmerzen: „Wieso hast du mir das nicht gesagt? Ich hätte dir helfen können oder dir zumindest erklären können, dass es nicht deine Schuld war."
Seine Enttäuschung verletzte Silbertiger. „Tut mir leid", sagte sie, „ich werde dir in Zukunft nichts mehr verschweigen." Außer Schattenwolf. Der war die einzige Ausnahme.
„Darauf kommt es jetzt nicht mehr an", sagte Himmelwolf traurig, „bald bist du ja wieder ein Mensch. Silbertiger, ich hatte, Angst vor diesem Tag! Wir hatten so viel Spaß miteinander. Ich kenne dank dir viele Menschenwörter. Danke! Aber mit der Zeit ... habe ich mich ... in dich verliebt. Tut mir leid ..."
Erst nach so viel Zeit, die sie miteinander verbracht hatten, fiel ihr auf, dass er immer Wärme ausstrahlte und ihr nicht von der Seite wich. Wie grausam! Silbertiger hatte es nicht mitbekommen. ‚Das Allerletzte, genau das bin ich! Er ist wirklich der netteste und beste Wolf, den ich je kennen gelernt habe. Aber was ist mit Kevin? Wie kann ich jetzt bloß an ihn denken!? Vielleicht kehre ich ja nie wieder in meinen Körper zurück', dachte Silbertiger. Sie musste schlucken.
Himmelwolf war verunsichert: „Wenn du das nicht verkraften kannst ..." Er starrte sie an und sie konnte den Blick nicht abwenden.
„Nein, ich empfinde auch etwas für dich! Wenn ich so bleibe", sie blickte auf ihr graues, fast silbern wirkendes Fell, „dann können wir neu anfangen. Ich höre dir besser zu und erzähle dir alles. Nicht so wie jetzt."
Sie gingen weiter. Der Bach funkelte im Mondlicht.

„Was bedeutet noch mal ‚bescheuert'?", wollte Himmelwolf wissen.
Wieso stellte er diese Frage? Verunsichert sagte Silbertiger: „So wie es uns gerade geht."
Himmelwolf sah sie immer noch fragend an und erkundigte sich: „Und wie geht es uns?"
Der konnte vielleicht Fragen stellen! „Na ja – bescheuert eben!", antwortete Silbertiger.
Sie gingen den Bach entlang und Bella sprach: „Ich dachte immer, Wölfe, also ihr, seid so ähnlich wie Katzen. Aber ich bin damit völlig falsch gelegen. Ihr habt ein Rudel, könnt heulen, womit ihr die anderen aus eurem Rudel wiederfindet – das ist es! Ich will nicht davon ablenken, dass wir Abschied nehmen müssen, aber kannst du mir helfen?"
Mit einer Kralle scharrte Himmelwolf die Erde auf und sagte: „Wieso sollte ich dir nicht helfen?"
Silbertiger erzählte ihm, was sie vorhatte: Sie wollte ihre menschlichen Freunde herbeiheulen. Ob das wohl klappte? Himmelwolf war sich da nicht so sicher. Trotzdem reckten die beiden Freunde ihr Maul zum Himmel empor und ein zweistimmiges Heulen brach aus.
Nach einer Weile bemerkte Silbertiger, dass das nichts brachte. „Trotzdem danke!" Sie schleckte Himmelwolf mit ihrer rauen Zunge die Schulter ab. Und er ihr Ohr. Die nächsten Minuten schwiegen sie. Sie würde ihre Freunde auch so finden. Lolas oranges T-Shirt gab ihr Hoffnung.
„Wir müssen zurücklaufen. Mondwolf wartet bestimmt schon!", sagte Himmelwolf.
Silbertiger nickte. Auf dem Rückweg berichtete Himmelwolf ihr, dass Bärenwolf wegen seines hohen Alters nicht mehr kämpfen und jagen würde.
Himmelwolf hatte recht gehabt. Mondwolf wartete wirklich

schon auf sie. „Ihr könnt euch später verabschieden", sagte er zu ihnen. „Himmelwolf, du kannst mit Langwolf, Dornenwolf und Gelbtiger jagen gehen. Also, Silbertiger, bist du bereit?"

20 Der Mond

Der Rudelführer und Silbertiger gingen durch den Wald. Mondwolf sagte: „Blautiger ist schon mit Dornenwolf im Welpenbau. Sie erwartet ihre Welpen. Und ich kann dir nicht versprechen, ob der Mond zustimmt. Überlass das Ganze einfach mir, okay?“
Ach so, der Mond bestimmte das also!
„Sicher“, antwortete Silbertiger. Sie würde ihn einfach machen lassen. Mondwolf wusste, was zu tun war – hoffentlich!
Am Berg der Steine angekommen, erblickte Silbertiger eine helle Pfütze ganz oben auf dem Berg. In dieser Nacht sah man den Mond besser als sonst. Der Rudelführer bedeutete ihr mit dem Schwanz, stehen zu bleiben und still zu sein.
„Mond, wir ehren dich als Gestalt der Nächte und hoffen, dass dein strahlendes Licht niemals erlischt!“, sagte er, „so bitte ich dich, diesem Mädchen einen Wunsch zu erfüllen.“ Stille. Mondwolf schloss die Augen und konzentrierte sich nur auf diese eine Sache. Dann drehte er ihr den Rücken zu.

Doch was war, wenn der Mond ihr keine Wünsche erfüllen wollte? Wie ging es dann weiter? Wenn der Mond tatsächlich Nein sagte, würde sie bestimmt im Rudel bleiben dürfen. Wenn er Ja sagte, würde sie sich auf die Suche nach Lola, Kevin und Nico machen. Es schien eine halbe Ewigkeit zu dauern, bis Mondwolf sich wieder zu Silbertiger umdrehte. Nun schlug die Stunde der Wahrheit. Mondwolf fragte: „Willst du, Silbertiger, dein Leben als Bella fortsetzen oder willst du als Wölfin bei uns im Rudel leben? Es ist deine Entscheidung!“

Oh Gott! Was sollte sie tun? So spontan zu entscheiden, ob sie jetzt als Wolf oder als Mensch weiterleben wollte, war total schwierig. Mondwolf bedeutete ihr, dass sie jetzt sprechen sollte. ‚Du musst jetzt Klartext reden‘, ermutigte Silbertiger sich selbst. Sie schaute zum Himmel hinauf und durchbohrte den Mond mit ihren Blicken. ‚Hilf mir!‘, bat sie ihn im Stillen. Ein „Du alleine“ war die Antwort. Na super!

Der Rudelführer nickte ihr ungeduldig zu, wagte es aber nicht, sie zu drängen. „Sprich!“, sagte er nach einer Weile aber schließlich doch.

Das war die Frage, die ihr schon so lang durch den Kopf ging: Wolf oder Mensch? „Ich … ähm … ich … aahh … möchte als … Bella weiterleben.“ Rasch fügte sie hinzu: „Bitte!“

Mondwolf drehte ihr abermals den Rücken zu und horchte. Dieses Mal konnte auch Silbertiger ein paar Wörter des Mondes entschlüsseln: „Ihr Wunsch sei mir Befehl! Aber ist sie sich auch ganz sicher?“

Mondwolf wollte gerade übersetzen, doch Silbertiger hatte den Mond gehört und antwortete selbst: „Ich bin mir ganz sicher!“

Der weise Wolf verlor seine Ruhe und trat näher. „Ich habe dir doch noch nicht einmal gesagt, was die Antwort des Mondes war!“

„Darüber reden wir später!“, zischte Silbertiger ihm zu. Das konnte wohl nicht jeder von sich behaupten, dass er verstand, was der Mond sagte!

„Nun gut, ich brauche ein Fellbüschel von dir“, sagte Mondwolf.

Er machte eine Pause und wisperte ihr ins Ohr: „Zuck jetzt nicht zusammen!" Bevor er weitermachte, zupfte er der Wölfin mit seinen Zähnen ein kleines Büschel aus dem Fell. Silbertiger versuchte ruhig zu bleiben, doch es tat schrecklich weh. Ein leises „Autsch!" entfuhr ihr. Am liebsten hätte sie vor Wut und Schmerz geheult. „Dieses Fellbüschel der Wölfin wird sie bald wieder zum Menschen machen. Genau wie früher, genau das gleiche Mädchen mit Eltern und Freunden." Mondwolf trat auf die Pfütze zu, legte ihr Fellbüschel sachte hinein und sagte zu Silbertiger: „Nach dieser Nacht, wenn die Sonne aufgeht, wirst du wieder Bella sein!"
Endlich war es vorbei! Nun hieß es ab nach Hause.
Doch auf einmal verfinsterte sich Mondwolfs Stirn. „Warte, die Sache hat noch einen Haken. Bis dahin darfst du keine Kralle zum Kampf erheben! Das ist strengstens verboten! Solltest du so dumm sein und trotzdem kämpfen, egal, mit wem oder was, löst sich der Zauber sofort in nichts auf, und du bleibst dein Leben lang eine Wölfin! Ist dir das klar?"
Silbertiger nickte und sah die Verzweiflung in Mondwolfs Gesicht. ‚Zweifelt er an mir? Ich werde in dieser Zeit sicher nicht kämpfen! Versprochen! Ob der Mond wohl in die Zukunft schauen kann? Das wäre ja was!', sagte sie zu sich.
„So sei es!" Mondwolf stieß noch ein dumpfes Heulen aus, dann traten sie den Heimweg an. „Wieso um alles in der Welt hast du mich unterbrochen?", fragte er Silbertiger, als der Berg der Steine hinter ihnen lag. „Ich habe dir doch gesagt, du sollst mir das Ganze überlassen!"
„Tut mir leid", antwortete Silbertiger, „aber ich habe verstanden, was der Mond gesagt hat."
Mondwolf wurde langsamer und sagte: „Tja, und was hat er also gesagt?"
Silbertiger ärgerte sich. Wollte Mondwolf sie testen? Er wusste

doch ganz genau, was der Mond gesagt hatte! Trotzdem räusperte sie sich und wiederholte die Worte des Mondes: „Ihr Wunsch sei mir Befehl! Aber ist sie sich auch ganz sicher?“
Nun blieb Mondwolf stehen und sein Schwanz schlug gedankenversunken hin und her. Dabei sah er ihr in die Augen. Auf einmal lief er davon, sodass Silbertiger kaum noch mitkam. Sie hörte nur, wie er sagte: „Du weißt ja, wo das Rudel ist.“ Mit diesen Worten entschwand er ihren Blicken. Manchmal war er ihr wirklich ein Rätsel.
Silbertiger bog bei einer Birke ab, an deren Zweigen fast keine Blätter mehr hingen. Sie würde die letzten Stunden als Wölfin genießen und noch einmal auf Jagd gehen!

21 Hilfe gesucht!

‚Wenn ich die Kontrolle über den Wald hätte, würde sich vieles ändern. Das Wichtigste wäre aber, dass keinem Wolf je eine Maus entkommt‘, dachte Silbertiger. Sie war gerade nach einer Maus gesprungen, die zum Greifen nahe war, hatte aber das Gleichgewicht verloren und war verärgert zu Boden gekracht. Ihre Beute war schon über alle Berge.
Das mit dem Menschwerden fing also schon an! Als Erstes konnte sie nicht mehr jagen und als Zweites würde gleich auch noch ihr Schwanz verschwinden! Aber nein, es wäre ja erst am Ende dieser Nacht so weit …
Schließlich fing sie doch noch eine Ratte. Bevor Silbertiger Abschied nehmen musste, beschloss sie, Mondwolf noch ein kleines Dankeschön mitzubringen. Vor ihr saß ein fetter, flauschiger Hase. Der wäre ein tolles Geschenk für Mondwolf. Leise schlich sie sich an, sah immer wieder zu Boden, ob auch kein Blatt raschelte und rannte los. Der Hase verstand sofort, was los war, und rannte im Zickzack davon. Mit der Zeit wurde das Hinterherjagen wirklich anstrengend, worauf Silbertiger ungeduldig lossprang. Den Hasen bekam sie aber nicht zwischen die Krallen. Frustriert jaulte Silbertiger auf. Ups, nun hatte sie bestimmt den ganzen Wald auf sich aufmerksam gemacht! In ein paar Stunden würde es hell werden. Sie sollte also wohl besser ins Lager zurückkehren. Als Silbertiger sich auf den Heimweg machte, stolperte sie gerade über eine Wurzel, als sie einen entsetzlichen

Schrei hörte. Fragend blickte sie sich um. Die dunkle, schnaufende Gestalt war nicht zu übersehen. Es sah so aus, als hätte sie in Blut gebadet.
„Himmelwolf!", schrie Silbertiger herzzerreißend. Langsam brach ihr Freund vor ihr zusammen.
Silbertiger brauchte keine Fragen zu stellen, denn Himmelwolf sagte sofort: „Es ist furchtbar …! Die Braunwaldwölfe versuchen gerade, Lola, Nico und Kevin zu töten, und danach wollen sie unser Dorf stürmen und die Macht an sich reißen! Ich wollte sie aufhalten, aber sie sind nicht zu stoppen. Du musst etwas tun, Silbertiger!"

In Himmelwolfs normalerweise furchtlosen Augen spiegelte sich blanke Angst. Nun steckten sie in ernsthaft großen Schwierigkeiten. Ihr Rudel konnte sich nach so vielen Zwischenfällen kaum mehr verteidigen. ‚Aber was soll ich, ein Mädchen in Wolfsgestalt, gegen Mordwolf und seine Braunwaldwölfe ausrichten? Soll ich etwa als Einzige gegen das ganze Rudel kämpfen?

Kann mir jemand erklären, wie das gehen soll?‘, dachte sie aufgeregt. Silbertiger war viel besorgter, als sie nach außen hin zeigte. „Ach du Sch****!“, brach es aus ihr heraus. Sie fragte ihren Freund, ob sie beide nicht das Rudel informieren könnten.
Himmelwolf seufzte. Er hob eine Pfote und sagte: „Deine Freunde werden nicht überleben, wenn du jetzt nichts unternimmst. Und unser Rudel auch nicht. Wir brauchen dich! Die Zeit läuft uns davon. Ich zähle auf dich!“
Silbertiger beschloss, zu helfen. Auch wenn es aussichtslos war. Ihr Rudel hatte ihr geholfen, also musste Silbertiger ihnen jetzt auch helfen, egal, was passierte. Sie musste die Braunwaldwölfe davon abhalten, auch nur in die Nähe des kleinen Dorfes zu gelangen. Silbertiger sagte zu Himmelwolf, sie würde alles tun, was in ihren Kräften stand. Bevor sie ihn nach dem Weg fragte, schmiegte sie sich noch einmal an ihn. Sein Fell war warm. Liebe und Schutz sprangen auf Silbertiger über. Wer weiß, vielleicht war es das letzte Mal, dass sie sich sahen.
Silbertiger folgte Himmelwolfs Wegbeschreibung und rannte zum Grenzsee. Bald würde der Morgen dämmern. Als sie beim Grenzsee ankam, sah sie, wie auf einer Lichtung ein paar Wölfe Lola umzingelten. Ein paar andere warfen sich gerade auf Nico und weitere drängten Kevin mit gefletschten Zähnen zum Grenzsee. Sie wollte ihren Freunden gerade zu Hilfe eilen, als sie von einer dornenscharfen Pfote zurückgerissen wurde. Es war Schattenwolf.
„Was tust du da!?“, schrie sie ihn an, als der Wolf sie zu Boden drückte.
Er sah sie hämisch an und sagte. „Ich werde niemals zulassen, dass du eine Wölfin bleibst!“

22 Der Kampf beginnt

In diesem Moment erinnerte Silbertiger sich an Mondwolfs warnende Worte. Schattenwolf hatte recht! Wenn sie in diesen Kampf ging, bliebe sie für immer eine Wölfin. Für immer ist eine sehr lange Zeit. Nie wieder würde sie zu ihren Eltern zurückkehren. Es würde keine menschlichen Freunde und auch keine Filme, CDs, Bücher und schmackhaften Speisen mehr geben.

‚Das schaffe ich nicht', dachte Silbertiger. Doch ihr wurde auch klar, dass sie ihre drei Freunde retten musste, egal, was danach kam!

Ein Schrei holte sie in die Gegenwart zurück. „Bella, hilf uns bitte!", rief Kevin hilflos. Silbertiger drehte den Kopf und sah sein blasses, verängstigtes Gesicht. Es versetzte ihr einen Stich ins Herz. Sie riss sich von Schattenwolf los und wollte zu ihren Freunden eilen. Doch Schattenwolf versperrte ihr den Weg. Silbertiger hatte entsetzliche Angst, so etwas Wichtiges wie Lola, Nico und Kevin zu verlieren. Für alle Ewigkeit.

„Hau ab!", schrie sie Schattenwolf an.

Sein schwarzer Schwanz peitschte hin und her, dabei grinste er. „Sicher nicht", antwortete er ihr kühl.

„Oh doch", gab Silbertiger wütend zurück und stürzte sich auf Schattenwolf. Doch der war darauf vorbereitet gewesen und wich ihr mit Leichtigkeit aus.

So begann ein Um-die-Wette-Starren ohne Ende. Wieso hatte sie bloß so ein Pech? Das alles wäre nicht passiert, hätten die Braunwaldwölfe ihre Freunde erst nach Sonnenaufgang angegriffen. Aber es musste ja ausgerechnet jetzt sein! Und wenn sie eingriff, würde sie für immer ein Wolf bleiben.
Nun ergriff Schattenwolf wieder das Wort: „Wenn du nicht so neugierig wärst und dich nicht in meine Angelegenheiten eingemischt hättest, wäre ich jetzt nicht hier."
Sprachen sie jetzt über die Vergangenheit oder über die Zukunft? Silbertiger versetzte Schattenwolf einen Tritt mit dem Hinterbein und wollte schon auf die Lichtung laufen. Doch Schattenwolf packte sie am Bein und hielt sie fest. „Ich bin noch nicht fertig mit dir", sagte er mit düsterer Stimme.
Silbertiger stieß einen zornigen Laut aus. ‚Ich kann nicht hierbleiben', dachte sie, ‚ein Kampf wartet auf mich.' Blitzschnell riss sie sich los und versetzte Schattenwolf einen Schlag auf den Kopf. Das würde ihm bestimmt nicht schaden! Dann rannte sie kampflustig auf die Lichtung. Es kam ihr so vor, als würde sie vor allen Problemen davonlaufen, alle Last und ihre ganze Vergangenheit loslassen. Jetzt zählte nur die Gegenwart.
Ein letztes Mal drehte sie sich zu Schattenwolf um. Es kam ihr vor, als würde er sagen: ‚Du weißt nicht, was du da tust!' Doch es war schon längst zu spät. Silbertiger steuerte auf Lola zu, die von zwei großen Wölfen bedroht wurde. Lola sackte zu Boden, doch als sie ihre alte Freundin erblickte, leuchteten ihre Augen.
In dem Moment entdeckten die zwei Braunwaldwölfe Silbertiger.
Der eine knurrte: „Hey, Grünwaldwolf, verschwinde! Die hier gehört uns!"
Mit düsterer Miene zischte Silbertiger: „Zieht doch Leine, ihr Spinner!"

Verwirrt schauten sich die beiden an. Die Fragen standen ihnen ins Gesicht geschrieben: Wer ist Leine? Was heißt Spinner? Und wen sollen wir ziehen?

„Lola!" Silbertiger rannte zu ihrer Freundin. Sie war von Kratzern und tiefen Bisswunden übersät. „Versteck dich hinter den Felsen, ich muss zu Nico und Kevin und werde tun, was ich kann!" Lola nickte und schob sich hinter die Felsen. Gleich danach entdeckte sie die zwei Jungs, die beim Grenzsee von Wölfen bedrängt wurden. ‚Die kämpfen auf unserem Land. Was für eine Frechheit!' Silbertiger war empört und verpasste dem einen der beiden Wölfe einen festen Tritt.
Doch auf das, was nun kam, war sie nicht vorbereitet. Zum Glück konnte sie sich einen überraschten Schrei verkneifen. Ein mächtiger Wolf, dessen Gesicht mit Narben übersät war, stand vor ihr. Seine Augen loderten rot. Er sah wirklich zum Fürchten aus. Der Name dieses Wolfes lag Silbertiger bereits auf der Zunge: Mordwolf! Am liebsten wäre Silbertiger im Boden versunken.

23 Pure Angst!

Nun stand er also vor ihr. Der Wolf aus dem Traum, der sie schon so lange verfolgt hatte. Er war da, so wie damals nach der Schularbeit, im Schwimmbad und kurz bevor sie ein Wolf geworden war. Danach war immer etwas Schlimmes passiert.

Vor ihrer Nase tauchte ein geiferndes Maul mit riesigen spitzen Zähnen auf. Auch dieses Maul kannte Silbertiger schon. ‚Ist das jetzt mein letzter Atemzug? Lass dich nicht unterkriegen, Bella!', sagte sie zu sich selbst. Nun würde kommen, was kommen musste.

Mordwolf grinste. Das Grinsen passte perfekt zu seinem Namen. „He, du! Hau ab, das ist ab jetzt unser Wald! Also haben Grünwaldwölfe hier nichts zu suchen. Und lass ja die Pfoten von unserem Snack. Wenn nicht, ziehe ich dir das Fell über die Ohren!"

Was für eine Ansage! Silbertiger bekam es mit der Angst zu tun. So wie Mordwolf aussah, traute sie ihm alles zu. Vorsichtig trat sie mit glasigen, ängstlichen Augen zurück. Plötzlich sprach eine innere Stimme zu ihr: ‚Trau dich! Geh das Risiko ein. Du hast jetzt nichts mehr zu verlieren!' Also gut. Sie würde es versuchen. Nur versuchen. Mal sehen, ob es klappte.

„Jetzt hör mal genau zu", gab Silbertiger zurück, „du wirst mir nicht drohen oder mir etwas antun. Und weißt du, wieso? Naaaa? Weil ich jede Menge Selbstbewusstsein, Charakter und ein gutes Herz habe. Du aber anscheinend nicht!", brüllte sie entschlossen. Auf einmal war ihre Angst wie weggeblasen. Überrascht funkelten Mordwolfs rote Augen sie an. Damit hatte er überhaupt nicht gerechnet! Bestimmt führte jeder seine Befehle aus und widersprach nie. Aber nun gab es eine Wölfin, die ihm widersprach. Mordwolf zeigte jetzt wirkliches Interesse. Drei Braunwaldwölfe starrten Silbertiger fassungslos an. Dem einen lief Sabber aus dem Maul, worauf er es rasch wieder schloss. Das hier musst für die Wölfe wie Kino sein. Nur ohne Popcorn.

Doch Mordwolf erholte sich schnell von seiner Überraschung. Er trat noch näher an Silbertiger heran und grinste hämisch: „Wie heißt du?", fragte er.

Wieso fragte er das? Wollte er etwa Zeit schinden, um Silbertiger von ihren Freunden fernzuhalten? „Silbertiger", sagte sie. Sie entdeckte Kevin, der unter Braunwaldwölfen begraben war und kaum noch Luft bekam. Sie konnte den Drang, loszulaufen und ihm zu helfen, einfach nicht unterdrücken.

Als sie losrennen wollte, versperrte Mordwolf ihr den Weg. „Nicht so schnell!", knurrte er, „hast du vergessen, was ich gesagt habe? Aber ausnahmsweise will ich mal nett sein und lasse dich gehen. Ich könnte auch etwas ganz anderes mit dir anstellen."

Silbertiger schluckte. Dann stieß sie einen ohrenbetäubenden Schrei aus. Mordwolf stockte der Atem. ‚Was denkt der sich eigentlich?', fragte Silbertiger sich wütend. Es wurde vollkommen still. Keiner rührte mehr eine Pfote. Alle blickten Silbertiger an. Sie machte sich so groß, wie sie konnte, und rief: „Wieso tut ihr das? Ihr habt doch euren eigenen Wald und wir ziehen sowieso weiter. Also wieso!" Erwartungsvoll sah sie in die Menge.

Auf einmal trat ein brauner Wolf vor. Mutig sagte er: „Mordwolf hat gesagt ..." Er wurde von Mordwolfs Knurren unterbrochen. Zornig sagte der Rudelführer, dass das Silbertiger nichts angehen würde.

Die Wölfin blieb hart. „Na gut, aber wir, die Grünwaldwölfe, sind auch nur Wölfe. Ich verspreche euch, es ergeht euch bestimmt besser, wenn ihr wieder umkehrt. Und morgen können wir schon losziehen und uns ein neues Revier suchen. Bitte, greift nicht an, das ändert sowieso nichts", versuchte Silbertiger das Rudel zu überzeugen.

Nico und Kevin kamen mit Lola auf sie zugehumpelt. „Sie hat recht! Glaubt mir, Silbertiger irrt sich nicht", schnaufte Lola mit letzter Kraft, bevor sie vor der Wölfin zusammenbrach. Erschrocken half Silbertiger ihrer Freundin wieder auf die Beine.

Mordwolf blickte aufmerksam auf sein Rudel, wo heftig geflüstert wurde.

Kevin sagte: „Hört her, diese Wölfin hat ihr Leben aufs Spiel gesetzt, um uns zu retten und ihr Rudel zu beschützen."

Doch gerade als in Silbertiger die Hoffnung erwachte, die Wolfsherzen ließen sich vielleicht erweichen, meldete sich Vogelwolf zu Wort.

Hasserfüllt sagte er zu den Braunwaldwölfen: „Ihr werdet doch wohl nicht auf drei Menschen und so ein Fellbündel hören, oder? Sie will uns bloß von unserem Plan abbringen. Wer meiner Meinung ist, stelle sich zu mir!"

Schon sprang Mordwolf zu Vogelwolf und schrie, es hätte unangenehme Folgen für alle, die sich ihm nicht anschließen wür-

den. Doch keiner rührte sich, bis auf zwei ältere Wölfe und eine junge Wölfin, die sich ihrem Rudelführer anschlossen. „Danke, Baumtiger, Steinwolf und Sturmwolf. Wenigstens drei, die vernünftig sind!“
Auf einmal meldete sich ein kleiner Wolf zu Wort: „Können wir nicht einfach wieder umkehren? Wir haben schon genug angestellt und ...!“
Mordwolf nahm bereits Schwung, um den kleinen Wolf anzuspringen und ihn zu zerfleischen, als Silbertiger sich vor das Opfer warf. Aus ihrer Kehle drang ein wütendes Knurren, sie fletschte die Zähne und kniff die Augen feindselig zusammen. Sie sah fast so aus wie der böse Wolf in Rotkäppchen. Überrascht hielt Mordwolf inne.
Der kleine Wolf, der von Silbertiger beschützt wurde, starrte seine Retterin dankbar an. Es sah so aus, als würde Mordwolf seine Probleme immer mit Gewalt lösen. Doch diesmal entdeckte die Wölfin einen Funken Angst in seinen Augen. Währenddessen wehte ihnen der Wind um die Ohren. Es würde schon sehr bald Winter werden. Deshalb war es wichtig, bald weiterzuziehen. Dieses Revier war kein großer Erfolg gewesen. Mordwolf atmete dreimal tief durch. Schon stellten sich fünf weitere Braunwaldwölfe zu Vogelwolf. Zum Glück hatte Silbertiger die Mehrheit auf ihrer Seite. Die Wölfin sah, wie Lola eine dicke Träne über die Wange kullerte. Auch Kevin und Nico wirkten angespannt.

24 Der böse Stress und die blöde Angst

Man konnte es Lola, Nico und Kevin nicht verdenken. Die Gefahr war für sie längst noch nicht vorbei. Doch bevor sie sich um ihre Freunde kümmern konnte, musste sie die Sache mit Mordwolf zu einem Ende bringen. Der machte sich nämlich gerade an den kleinen Wolf heran, Silbertigers Schützling.

„Schau doch nicht so, ich will Blitzwolf doch nur kneifen“, sagte Mordwolf verunsichert.

Blitzwolf hieß der Kleine also. „Kneifen?“, sagte Silbertiger, „hier wird niemand gekniffen.“

Alle Blicke waren jetzt auf Mordwolf gerichtet. Natürlich durfte er seinen Ruf als gefürchteter Rudelführer nicht verlieren. Also nahm er Anlauf und sprang Silbertiger an. Er packte ihre Vorderpfoten und drückte sie zu Boden. Erschrocken sprang Blitzwolf zur Seite. Vor lauter Schreck schrie Silbertiger auf und biss Mordwolf in die Pfoten. Leider stieß er nur einen kurzen Schrei aus und funkelte sie an.

Nun geschah etwas, das Silbertiger sich nie gedacht hätte. Das hier würde bestimmt in die Geschichte des Rudels eingehen! Es war wie in einem Traum. Die Braunwaldwölfe kamen immer näher und jeder Einzelne warf Mordwolf einen bösen Blick zu. Verblüfft starrte Mordwolf sie an. Silbertiger ging das Herz auf. Diese Wölfe stellten sich gegen ihren Rudelführer und zwar nur ihretwegen!

„Lass sie los! Komm, Mordwolf, wir kehren in unser Dorf zurück!“, rief eine graue Wölfin und zwinkerte Silbertiger zu.
Es war unglaublich. Fassungslos und unendlich überrascht ließ Mordwolf Silbertiger los. Sein Rudel umringte ihn und ging mit ihm davon.
Vogelwolf und seine Freunde blickten Silbertiger ängstlich an. „Kommt schnell, bevor wir die Nächsten sind“, sagte Sturmwolf leise. Rasch verschwand auch Vogelwolf mit seinen Freunden von der Lichtung.
Das war ja kaum zu glauben! Silbertiger hätte vor Freude am liebsten drauflosgeheult. Grinsend und lachend kamen Lola, Kevin und Nico zu ihr gerannt.
„Oh mein Gott!“ Lola liefen Freudentränen herunter. Sie beugte sich vor und umarmte ihre alte Freundin weinend. Nico kraulte ihr den Rücken und Kevin konnte gar nicht mehr aufhören zu lächeln.
Schließlich kam auch Schattenwolf auf die Lichtung gesprungen. „Tja, was soll man dazu sagen?“, war seine ganze Reaktion. Silbertiger flüsterte Lola etwas zu. Lachend schnappte das Mädchen sich einen Stock und warf ihn auf Schattenwolf, der erschrocken auswich und in einer dreckigen Pfütze landete. Er sah aus wie ein Schwein, das sich im Dreck suhlte. Lachend rief sie ihm zu: „Das war dafür, dass du mich so behandelt hast! Nun wirst du dir zweimal überlegen, was du in Zukunft zu mir sagst.“
Zornig sprang Schattenwolf aus der Pfütze, schüttelte sich und rief, sie würden sich im Dorf sehen.
Als er verschwunden war, tauchte Himmelwolf auf. Er versuchte, zu Silbertiger zu humpeln. „Ich konnte dich nicht einfach so gehen lassen und bin dir gefolgt, dabei haben mich bereits Braunwaldwölfe angegriffen. Doch ich habe alles mitangesehen.“ Er fügte noch hinzu, dass sie ins Lager müssten.

Himmelwolf streifte Silbertigers Fell. Seines war zum Glück kaum mehr blutig. Er hatte es in einem Bach gereinigt. Schon wieder diese Gefühle!
Kevin machte ein grimmiges Gesicht. War er vielleicht eifersüchtig? Er bohrte mit seinem Schuh in der Erde herum. Nico sprach Silbertigers Gedanken aus. Verlegen schubste Kevin ihn, ihm war es bestimmt unangenehm, dass Nico seine Eifersucht aufgefallen war.
Silbertiger zwinkerte Himmelwolf zu und sagte zu ihren Freunden: „Kommt mit ins Dorf! Wir können eure Wunden verbinden und gewisse Dinge besprechen." Sie musste unbedingt mit Mondwolf reden, ob es doch noch irgendeine Möglichkeit gab, wieder ein Mensch zu werden. Aber noch wollte Silbertiger nicht darüber nachdenken. Sie wollte sich freuen. Immerhin hatte sie es geschafft, ihre Freunde zu retten und die Braunwaldwölfe davon abzuhalten, ihr Dorf zu überfallen!
Auf dem Weg zurück ins Lager erzählten ihre Freunde ihr, wie sie in diese Situation hineingeraten waren. Sie hatten am Grenzsee übernachtet, als die Braunwaldwölfe sie entdeckten. Lola, Nico und Kevin sagten, sie wären auch über den Leichenplatz gelaufen. Dort hatte Lola auch ihr T-Shirt liegen lassen. Es war also genauso, wie Silbertiger vermutet hatte. Kevin war es sehr unangenehm, als die Wölfin einige Male zu Himmelwolf hinübersah und ihm aufhalf, wenn er zusammenbrach. Lola war schrecklich froh, dass Silbertiger sie und die beiden Buben gerettet hatte. Nico verhielt sich ganz normal – ganz im Gegensatz zu Kevin.
Kaum erreichten sie das kleine Dorf, waren sie auch schon von neugierigen Wölfen umringt. Sie setzten sich im Kreis um Silbertiger, Himmelwolf und ihre Freunde. Aufgeregt lauschten sie Himmelwolfs Geschichte und blickten dabei zu Silbertiger. Diese Geschichte konnte sich wirklich hören lassen!

Sogar Mondwolf riss gespannt die Augen auf. Als Gelbtiger fragte, warum Mondwolf so schnell aufgegeben hatte, sagte Silbertiger, er hätte vielleicht gewisse Schwächen. Mondwolf bedankte sich bei ihr. Doch dann fragte er sie, ob ihr bewusst war, was das für sie nun bedeutete. Schattenwolf grinste Silbertiger hämisch an, als Mondwolf das sagte.
Fast hatte Silbertiger vergessen, was ihr Kampf für Konsequenzen hatte. Doch nun schlug sie wieder auf dem harten Boden der Realität auf. „Mist!", fluchte sie leise. Blöde Regel! Wem fiel so etwas bloß ein? Nicht kämpfen zu dürfen, bevor man wieder ein Mensch war! Es sah so aus, als hätte der Mond genau das beabsichtigt. Silbertiger leckte sich über die Schnauze und jaulte gequält auf. Mondwolf sah sie verwirrt an. Wäre sie keine Wölfin gewesen, wären ihr jetzt die Tränen gekommen. „Kann man da nicht noch etwas machen? Du kannst doch den Mond fragen, Mondwolf", bat sie.

Der Rudelführer sah nicht überzeugt aus. „Glaub mir, ich bin dir wirklich unendlich dankbar. Aber ..." Er seufzte und machte eine endlos lange Pause, „ich habe es dir doch gesagt, Silbertiger. Es tut mir leid. Natürlich wäre es das Beste, wenn du nun bei uns im Rudel bleibst. Ein Wolf als Einzelgänger überlebt nicht lange in der Wildnis."
Langsam ging die Sonne auf. Der Himmel sah aus, als würde er verbluten.
‚Doofe Sonne! Wieso bist du nicht schon viel früher aufge-

taucht?‘, dachte sich Silbertiger und blickte dabei zum Himmel empor. Das gesamte Rudel trat zurück, obwohl alle den Blick auf Silbertiger gerichtet hatten. Lola, Nico, Kevin und Himmelwolf blieben stehen, wo sie waren.
Entschlossen schrie die zornige Wölfin: „Ach, so siehst du das also, Mondwolf! Na dann ... Da es offenbar jedem hier egal ist, was mit mir passiert, und keiner den Mond fragen will, mache ich es eben selber! Der Mond versteht mich wenigstens!“ Wutentbrannt lief sie in ihre Höhle. Lang lag Silbertiger so da und starrte die Höhlenwände an. Immer wenn eines der Rudelmitglieder vor dem Bau ihren Namen rief, knurrte die Wölfin, sie sollten verschwinden. Erst als Himmelwolf langsam hereinhumpelte, raffte sich Silbertiger auf.
„Hey, das wird schon wieder“, tröstete ihr Freund sie, „du kannst ja später noch einmal versuchen, mit dem Mond zu sprechen. Vielleicht klappt es ja.“ Himmelwolfs Stimme klang mitfühlend. Er grinste ihr zu, bevor er sich lächelnd neben sie hinsetzte.

25 Ein kurzer Trip zum Kampfplatz

Nach etlichen Stunden wachten Silbertiger und Himmelwolf auf. Das Mondlicht drang bereits in ihre Höhle. „Komm, gehen wir hinaus“, sagte ihr Freund
Wolkenwolf und Eistiger sprangen ihnen freudig entgegen. „Jetzt sind wir endlich erwachsen“, sagte Wolkenwolf und grinste dabei. Eistiger sprang vor Aufregung wild auf und ab. Die beiden fragten Silbertiger und Himmelwolf, ob sie so schnell wie möglich mit ihnen kämpfen üben könnten. Natürlich nur, wenn sie schon wieder bei Kräften wären. Silbertigers linkes Bein schmerzte aber sonst war alles okay. Auch Himmelwolf schien sich wieder erholt zu haben. Trotzdem blieb noch die Frage offen, ob die beiden Jungwölfe überhaupt mitdurften. Himmelwolf sagte: „Wir können ja mal zu viert zum Kampflatz schauen. Ich frage Mondwolf.“
Gesagt, getan. Mondwolf stimmte widerwillig zu und die vier zogen los. Leider war das Wetter nicht gerade das beste. Nieselregen.

Nach einer kurzen Plauderei kamen sie am Kampfplatz an. Da keiner dort war, dem sie zuschauen konnten, sagte Silbertiger zu den beiden Neulingen: „Zeigt doch mal, was ihr könnt!"
Mit funkelnden Augen und energiegeladen standen die Geschwister einander gegenüber. Diese Energie wartete darauf, sich zu entladen. Vorher erklärte Himmelwolf noch, dass sie einen Probekampf machen würden und zwar mit eingezogenen Krallen.
Als Silbertiger an ihre Anfänge zurückdachte, wurde ihr ganz warm ums Herz. Die Erklärungen ihres Freundes waren damals sehr hilfreich gewesen. In diesem Moment nahm Wolkenwolf Anlauf und sprang. Leider verfehlte er Eistiger, weil diese blitzschnell auswich. Krachend stürzte Wolkenwolf zu Boden. Nun sprang seine Schwester elegant auf seinen Rücken. Sie quietschte, als er sie am Bein packte. Wolkenwolf riss sie sanft zurück, hielt sie fest und knurrte ihr spielerisch ins Gesicht. Bestimmt wusste Eistiger, dass sie nicht mehr aus seinem Griff herauskommen würde.
„Hey, gut ihr beiden! Jetzt fängt Eistiger an", sagte Himmelwolf.
Als hätte Wolkenwolf Himmelwolfs Befehl geahnt, ließ er sie los. Eins war jedenfalls schon klar: Wolkenwolf war ein ziemlich starker Wolf, Eistiger die Schnellere.
Nach einer Stunde war das Training vorbei. Die Geschwister waren von Silbertiger begeistert. „Und, hast du den Dreifachsprung ...?", fing Eistiger an, doch Wolkenwolf schubste sie zur Seite und fragte: „Das, was du uns gezeigt hast, war der Hammer. Kannst du mir noch das Anschleichen zeigen?"
Silbertiger vertröstete ihn auf das nächste Mal. Es war Zeit, ins Lager zurückzukehren.
Dort wimmelte es von Wölfen, die nachspielten, was in der vorigen Nacht am Grenzsee vorgefallen war. Mondwolf war ein gutes Stück von den anderen entfernt und starrte vor sich hin.

Silbertiger hatte das Gefühl, als wäre der Kampf gegen Mordwolf noch nicht zu Ende. Sie wusste nicht, wie recht sie damit hatte ...
Bis ihr Blick auf eine Gestalt fiel, die nichts Gutes verhieß. Und diese Gestalt starrte unentwegt den Rudelführer an. Silbertiger stockte der Atem. Niemand um sie herum bemerkte ihre plötzliche Angst, keiner nahm Notiz von ihr. Auch Mondwolf schien die Gestalt nicht zu bemerken. Als wäre sie unsichtbar.
Die Gestalt war: Mordwolf! Oh Gott, er wollte sich rächen. Und zwar ausgerechnet an Mondwolf! Höhnisch schlich er sich an ...
Nur mehr kurze Zeit und Mordwolf würde seinen grässlichen Todessprung anwenden, wie er es schon vor zwei Jahren bei Mondwolfs Vorgänger getan hatte. Das wäre das Ende von Mondwolf.

26 Wenn es zum Kampf kommt, ist alles zu spät!

Silbertigers Augen formten sich zu Schlitzen.
Nun konnte sie Mordwolf genauer erkennen. Lächelnd fuhr er seine dornenscharfen Krallen aus, peitschte aufgeregt mit dem Schwanz und leckte sich heimtückisch über die Schnauze. Oh nein! Wenn er Mondwolf ermordete, wäre das das Ende des gesamten Rudels! Normalerweise gab der Rudelführer seine Ideen und sein Wissen an den zweiten Rudelführer weiter. Zum Beispiel die Sache mit dem Mond. Wenn Mondwolf starb, wäre das Geheimnis der Grünwaldwölfe für immer verloren! Abgesehen davon wäre es sehr schlimm, wenn Mondwolf ums Leben kommen würde. Er hatte Silbertiger von Anfang an geholfen und sie sogar ins Rudel aufgenommen.
Mordwolf war besessen davon, dem Rudel der Grünwaldwölfe den Führer wegzunehmen. Er machte sich bereit zum Sprung – dem Sprung, der Mondwolf das Genick brechen würde! Mordwolf hatte den Todessprung bestimmt schon oft geübt.
Silbertigers Rudelführer saß da und ahnte von alledem nichts. Er sah in die Ferne, sein Blick war rätselhaft. Es würde nur noch wenige Sekunden dauern, bis Mordwolf sprang! Wenige Sekunden, die aber entscheidend waren. ‚Ich bin zu weit weg', dachte

Silbertiger. Doch für solche Überlegungen war keine Zeit mehr. Es ging um Mondwolfs Leben! Ohne nachzudenken, raste Silbertiger durch die Menge. Dabei schrie sie aus Leibeskräften: „Mondwolf! Pass auf!"
Die Wölfin stolperte fast über ihre eigenen Beine. Es ging um alles! Mondwolf riss erschrocken die Augen auf. Mordwolf war knapp davor, ihm die Zähne in den Nacken zu schlagen. Ein starker Biss und es wäre aus mit Mondwolf! Silbertiger schloss die Augen und sprang. Im Flug biss sie sich auf die Zunge. Sie bekam nur mit, dass jemand laut schrie. Dann krachte sie gegen etwas Raues. Oh mein Gott! Um sie herum floss hellrotes Blut. War es zu spät? Kam dieses Blut aus Mondwolfs Kehle? Die Wölfin sah es bereits vor sich: Mordwolf hatte sich im Genick des Rudelführers der Grünwaldwölfe verbissen. Mondwolf schrie, keuchte und rang nach Luft. Als sie die Augen wieder aufmachte, musste sie feststellen, dass dieses Bild genau der Wirklichkeit entsprach.
Mordwolf drückte seinen Gegner zu Boden und vergrub sein Gebiss in Mondwolfs Genick. Mondwolf stieß einen Schrei aus. Noch mehr Blut floss. War es Mondwolfs oder Mordwolfs Blut? Die anderen Wölfe bekamen von dem Mordversuch nichts mit.
So geschickt sie konnte, warf sich Silbertiger auf Mordwolf. Dann passierte alles ganz schnell. Mordwolf lockerte seinen Griff. Er stieß Silbertiger weg, worauf sie gegen einen Felsen krachte. Aaahh! Schmerz durchfuhr die Wölfin. Viel schlimmer jedoch waren die erschrockenen Schreie: „Mondwolf! Silbertiger!" Endlich bemerkten auch die anderen, was hier passierte. Doch keiner aus der schockierten Menge unternahm etwas.
Silbertiger konnte nur mehr ein Auge ein wenig öffnen. Eichelwolf wollte Mordwolf bereits von der Seite her angreifen, doch Mordwolf drehte sich um und murmelte so etwas wie: „Kommt ja nicht näher."
„So tut doch etwas!", flüsterte Eistiger aufgebracht.

Mondwolf hing wieder fest in Mordwolfs Griff und keuchte. Mordwolf sah aus wie ein tollwütiger Bär. Ihr Rudelführer würde es nicht mehr lange aushalten! Silbertiger atmete tief durch. Es gab sowieso nichts mehr zu verlieren!

Mordwolf wandte ihr den Rücken zu. Entschlossen raffte Silbertiger sich auf. Beim Aufstehen zuckte die Wölfin zusammen. ‚Sei nicht so wehleidig, Bella! Es geht um alles! Bring ihn zur Strecke!', sprach sie sich selbst Mut zu. Dann sprang sie los, warf sich gegen Mordwolfs Schultern und riss ihn von Mondwolf weg. Es klappte!

Überrascht ließ Mordwolf Mondwolf los und krachte nach hinten.

„Schnell, bringt Mondwolf sofort weg!", schrie Silbertiger mit letzter Kraft. War es bereits zu spät?

27 Die Worte des Mondes

Sofort wollte Mordwolf sich wieder auf Mondwolf stürzen. Es dauerte ewig, bis es den Grünwaldwölfen gelang, ihren Rudelführer in Sicherheit zu bringen.

„So, und jetzt verschwinde! Na los!", jaulte Silbertiger aufgebracht. Ihr Zorn war wie ein Tornado.

Mordwolf wollte widersprechen: „Aber …!"

Weiter kam er nicht. „Wie du siehst, brauchen wir dich hier nicht", sagte Silbertiger. „Na, was ist? Hau ab! Du hast genug Unheil angerichtet."

Endlich drehte Mordwolf sich um und verließ das Dorf.

Aufgeregt kamen Lola, Nico und Kevin angerannt. „Oh Gott, geht es dir gut, Bella?" Lola kam fast um vor Sorge und kniete sich

neben Silbertiger hin. Auch Kevin und Nico kauerten sich neben sie. Die Wölfin nickte kurz. Dann sahen sie nach Mondwolf. Lichttiger verschloss seine Genickwunden und Eichelwolf legte ihm etwas Kaltes darauf. Mit Blättern stoppten sie die Blutung. Es war kein schöner Anblick! Man konnte Mondwolf zwar atmen sehen, aber es war überhaupt nicht klar, wie es ihm ging. Gelbtiger und Bachtiger sprachen ihm Mut zu und Dornenwolf legte sich neben ihn, um ihn zu wärmen. Mondwolf regte sich kaum, nur manchmal krächzte er ein „Danke" oder „Ja". Selbst diese wenigen Worte strengten ihn sehr an.
„Der Ärmste! Glaubst du, er wird wieder?", fragte Nico Silbertiger.
„Keine Ahnung, es hat ihn echt erwischt." Die Wölfin verzog das Gesicht.
Eichelwolf kam zu ihnen. An seinem Gesichtsausdruck war nicht zu erkennen, wie es Mondwolf ging. Er sagte, dass Mondwolf nun in seinen Bau gebracht werden sollte. Eichelwolf wusste auch nicht, wie es jetzt weitergehen sollte ...
Silbertiger sprang auf und sagte, sie müsse noch etwas erledigen. Ihre Freunde blickten nur kurz auf, dann wanderten ihre Blicke wieder zu Mondwolf, der gerade weggetragen wurde.
Silbertiger lief aus dem Dorf. Der Mond schien vom Himmel. Die Wölfin setzte sich auf einen Stein, schloss die Augen und versuchte, Kontakt zum Mond aufzunehmen. Auf einmal leuchtete eine kleine Flamme vor ihrer Nase auf.
„Komm, ich bring dich zum Mond", säuselte die Flamme.
Silbertiger folgte ihr sprachlos. Die Flamme flitzte voraus. Die Wölfin musste sich beeilen, um das kleine Licht einzuholen. Es sagte: „Wir sind bald da! Achtung, du musst gleich über einen Graben springen. Ich führe dich zum Berg der Steine. Los!"
Das Licht flog mit Leichtigkeit über den Abgrund. Silbertiger folgte ihm und nahm tüchtig Anlauf. Doch als sie auf der ande-

ren Seite landete, rutschte sie zurück. Sie hatte bereits den Absturz vor Augen, als sie auf einmal in die Luft geschleudert wurde. Eine Sekunde lang wurde ihr schwarz vor Augen. Taumelnd riss Silbertiger die Augen auf. Die Flamme war noch immer vor ihr. „Wir wurden hierher geflogen. Nun sind wir da“, sagte das Flämmchen.
Erleichtert sah Silbertiger sich um. Sie befanden sich am Ufer eines kleinen Sees, der von Wald umgeben war. Das Gras wucherte und die Bäume trugen Blätter wie im Sommer. Ein wunderbarer Ort. Ganz anders als ihr Dorf und ihr Wald. Dort war es nass und der erste eisige Winterhauch blies einem um die Ohren. Nicht mehr lange und es würde schneien.
Doch dieser Ort war anders. Der Mond stand direkt vor ihr am Himmel. Die Flamme sagte, Silbertiger könne jetzt mit ihm sprechen.
Sie trat vor und sagte: „Mond, ich hätte da eine Frage. Du hast mir meinen Wunsch erfüllt. Das war großartig, aber es ist etwas schiefgelaufen.“ Erwartungsvoll sah sie ihn an.
Seine Stimme, die sie in ihrem Kopf hörte, sagte: „Hhhmmm, du wurdest gewarnt. Was ist denn schiefgelaufen?“
Aufgeregt erzählte Silbertiger ihm die Geschichte des Kampfes mit den Braunwaldwölfen.
Der Mond überlegte lange. „Sei froh, dass Mondwolf dir überhaupt die Chance gegeben hat, wieder zu einem Menschen zu werden. Die bekommt nicht jeder“, sagte er dann, „ich verstehe dich schon, aber … Ich kann meine Kraft nur einmal in jeder Kralle einsetzen. Das weiß Mondwolf. Aber wieso hast du darüber nicht mit ihm gesprochen?“
Wusste er denn nicht, was mit Mondwolf passiert war? Dann musste wohl sie es ihm erzählen. Silbertiger versuchte, die passenden Worte zu finden. „Er … Mordwolf hat ihn schwer am Genick verletzt. Ich habe versucht, Mondwolf zu helfen. Er liegt

jetzt in seiner Höhle. Keine Ahnung, ob er je wieder aufwacht."
Erschrocken sah der Mond sie an. Auf einmal verwandelte sich einer der Bäume in eine Art Fernseher. Blitzschnell blätterte der Mond jede Seite durch, bis zur Szene mit Mordwolf. Silbertiger staunte. Man konnte jeden einzelnen Gedanken von Mordwolf und Silbertiger hören. Mondwolfs Gedanken nicht, dafür aber noch die von jemand ganz anderem. Dieser Jemand dachte: „Komm schon, Mordwolf, gib's ihm!"
Silbertiger wusste sofort, wer das war: „Oh Gott, Schattenwolf steckt mit unserem Feind unter einer Decke!", sagte sie. Na, dem würde sie es zeigen!
„Das wusste ich nicht", antwortete der Mond, „das mit Mondwolf bekommen wir schon wieder hin. Ich kann seine Wunden nicht heilen, doch ich gebe ihm die Kraft dazu. Und was dich anbelangt, Silbertiger – irgendwann kann ich dir helfen, aber nicht jetzt. Das musst du einsehen."
Schockiert vernahm sie seine Worte. ‚Ich wusste es in Wirklichkeit schon', dachte die Wölfin, ‚doch ich hatte die Hoffnung, dass es anders sein würde.'
Es herrschte Totenstille. Nur das Flämmchen flackerte auf und ab.
„Heißt das, das war's?", fragte Silbertiger.
Die Art Fernseher erlosch und in Sekundenschnelle war der Baum wieder ein ganz normaler Baum. Der Mond murmelte zustimmend. Auf einmal tippte jemand Silbertiger auf die Schulter. Als sie sich umdrehte, sah die Flamme sie an. „Komm, wir müssen wieder gehen. Kevin weckt dich gleich auf."
Silbertiger wollte ohnehin weg. Sie war in Gewitterstimmung. Schon wollten die beiden aufbrechen, als der Mond sagte, sie sollten noch warten.
„Sei nicht sauer, Silbertiger", sagte er, „nun fängt ein neuer Lebensabschnitt an. Du solltest dich möglichst bald von deinen Freunden verabschieden. Sie frieren bereits. Sie sind nicht für diese Kälte

gemacht. Auch wenn es schwer ist: Du musst ihnen sagen, dass sie gehen müssen. Sonst erfrieren sie! Ich danke dir für das Gespräch."

Was? Silbertiger hörte seine Worte, aber sie begriff nicht, was er damit sagen wollte. Ihr war gar nicht bewusst gewesen, dass es Lola, Nico und Kevin so schlecht ging. Log der Mond? Doch er war das Symbol der Wölfe, so etwas würde er nie tun. Man konnte ihm glauben.

Silbertiger nickte und sagte: „Ich danke dir auch." Dann folgte sie der Flamme. Plötzlich wurde sie wieder in die Luft geschleudert. Ein grelles Licht blitzte vor ihren Augen auf. Als sie wieder zu sich kam, war Silbertiger nicht auf dem Boden, sondern schwebte über dem Graben. Ihr Blick fiel in die endlose Dunkelheit unter ihr. Auf einmal trat die Schwerkraft wieder in Kraft. Die Wölfin kniff die Augen zusammen und wartete auf den Aufprall. Doch plötzlich wurde sie wieder hochgeschleudert und langsam auf dem Boden abgesetzt. Ihr war mulmig zumute, wie nach einer wilden Achterbahnfahrt. Ihr Mittagessen hatte sich mindestens fünfmal in ihrem Magen umgedreht. Kein angenehmes Gefühl!

Die Flamme sagte: „Wir sind gerade dabei, die Schwebekraft zu erneuern. Komm, wer zuerst beim Stein ist!"

Das ließ sich Silbertiger nicht zweimal sagen. Aufgeregt rannte sie dem flackernden Licht nach, überholte es und hielt Ausschau nach dem Stein. Sie entdeckte ihn am Ende der Wiese. Schnell flitzte die Wölfin den Hang hinab. Beim Stein angekommen, drehte sie sich zur Flamme um. Doch diese war schon verschwunden.

28 Endloser Abschied

Silbertiger wachte in ihrer Höhle auf, weil Kevin sie sanft an der Schulter rüttelte. Sie blickte in Kevins angespanntes Gesicht. „Ist was?", fragte sie.
Langsam entspannte Kevin sich wieder und fragte, was geschehen war.
Silbertiger erzählte ihm von dem magischen Ort. „Der Mond hat gesagt, ihr müsst bald von hier verschwinden. Ihr müsst zu eurer Familie und an einen windgeschützten Ort ..."
Kevin kraulte sie hinter den Ohren. Seine Stimme war warm und weich. „Wir können dich doch mit nach Hause schmuggeln! Im Garten ist viel Platz und wenn du erst mal unter Menschen bist, lässt sich die Verwandlung vielleicht wieder rückgängig machen. Außerdem werden wir uns sonst nie wiedersehen. Bitte!"
Früher hätte sie sofort zugestimmt, aber jetzt war das anders. Silbertiger musste das Richtige tun. Auch wenn es ihr schwerfiel. Wie sollte sie ihm das erklären? Ihre Stimme war etwas brüchig. „Kevin, bitte! Packt eure Sachen. Ihr müsst raus aus dem Wald. Ich sehe ja, wie du frierst." Sie stand auf und ging zum Ausgang. Sie musste hart bleiben. Sie sagte zu Kevin, sie würde Lola und Nico Bescheid sagen. Kevin starrte in die Ferne. Es murmelte etwas wie: „Es kann doch nicht aus sein!"
„Warte hier", sagte Silbertiger zu ihm. Sie lief durch das Dorf und blieb vor der Gästehöhle stehen. Dort drinnen saßen Lola

und Nico eingewickelt in Decken. Es sah romantisch aus, auch wenn ein eisiger Wind durch die Höhle pfiff. Das war jetzt nicht der beste Zeitpunkt, die beiden zu stören. Lola legte ihren Kopf auf Nicos Schulter. Beide hatten die Augen geschlossen. Silbertiger schlich an ihnen vorbei und holte eine Decke. Sie packte sie mit den Zähnen und versuchte, sie durch das Dorf zu schleifen. Auf dem Weg zurück zu ihrer Höhle kam ihr Lichttiger entgegen und half ihr.
Lichttiger fragte: „Und, wie geht es dir?“
„Einerseits gut und andererseits schlecht“, antwortete Silbertiger, „ich muss mich von Lola, Kevin und Nico verabschieden. Sie müssen heute aufbrechen. Und wir sollten eigentlich auch weiterziehen. Wie geht es Mondwolf?“ In diesem Moment entglitt ihr die Decke und Silbertiger atmete durch.
Lichttiger überlegte und seufzte dabei. Sie blickte auf etwas Weißes in der Luft. Oh nein, es begann zu schneien!
„Na ja, ich denke, er wird schon wieder. Er …“, fing Silbertiger an, als plötzlich zwei Wölfe auf sie zukamen. Silbertiger verstummte sofort. Es war Mondwolf! Unglaublich! Mithilfe von Eichelwolf kam er herbeigehumpelt. Er machte nach jedem Schritt eine kurze Pause, um sicherzugehen, dass es seinem Genick nicht schadete.
„Mondwolf!“ Lichttiger war genauso überrascht wie Silbertiger.
Als der Rudelführer bei ihnen war, wandte er sich an Silbertiger. Er hustete etwas und sagte: „Hallo, Silbertiger. Mir geht es schon besser. Darf ich mit dir sprechen?“
Silbertiger nickte und verabschiedete sich von ihrer Freundin Lichttiger.
Mondwolf humpelte neben ihr her. „Ich weiß gar nicht, was ich sagen soll“, begann er dann, „du hast mein Leben gerettet! Wenn Mordwolf noch länger …“ Autsch, es knackte in seinem

Rücken. „… zugebissen hätte, wäre ich nicht mehr unter euch. Wie kann ich dir nur danken?"
Silbertiger sah, wie schwach Mondwolf war und schlug vor, sich hinzusetzen. Nur zur Sicherheit. „Ist schon gut", sagt sie dann. „Ähhmm, ich hätte da nur eine Bitte. Kannst du dem Mond ein Dankeschön von mir ausrichten?"
Mondwolf nickte und fragte, was er sonst noch für sie tun könnte.
„Mir würde es genügen, wenn wir bei Lola, Kevin und Nico zu Hause vorbeischauen könnten, wenn wir uns ein neues Revier suchen. Sie liegen mir sehr am Herzen."
Ihr Rudelführer sagte, dass das kein Problem sei. Anscheinend wusste er bereits vom Mond, dass Silbertiger sich von ihren Freunden verabschieden wollte. Gemeinsam beobachteten sie, was sich im Dorf so tat.
Löwenwolf, Katzenwolf und Gelbtiger unterhielten sich. Da! Dornenwolf trat mit Blautiger, die noch ganz schwach war, aus dem Welpenbau. Hinter ihnen sprangen vier kleine Wölfe aus der Höhle. Einer war schwarz, ein anderer silbern, einer hellgrau und der vierte weiß. Gemeinsam tollten sie vor dem Bau herum. Sie lachten und sprangen hin und her.
Tigerwolf, Wolkenwolf und Eistiger kamen gerade vom Jagen zurück. Eistiger und Wolkenwolf waren fast immer zusammen. Nur von Schattenwolf war nirgends etwas zu sehen. ‚Das ist im Moment auch besser für ihn', dachte Silbertiger grimmig. Ihm war wohl klar, dass sie noch ein Hühnchen mit ihm zu rupfen hatte.
Mondwolf riss Silbertiger aus ihren Gedanken. „Ich denke, du hast noch zu tun. Ich richte dem Mond deinen Dank aus. Und beim Marsch führst du bitte das Rudel anstelle von mir! Und keine Sorge, wir besuchen deine Freunde."
‚Was für eine Ehre, ich darf sie anführen!', dachte Silbertiger.

Das hätte sie nie erwartet. „Na klar, mache ich!“, sagte sie zu Mondwolf, „danke und gute Besserung!“ Fröhlich stand sie auf und brachte die Decke, auf der schon Schnee lag, zu Kevin.
„Hier, für dich!“ Sie legte ihm die Decke zu Füßen. Kevin bedankte sich und wickelte sich in die Decke ein. Dann stand er auf und sagte, er würde zu Lola und Nico gehen. Das Schneetreiben wurde immer dichter. Es wurde Zeit aufzubrechen.
Silbertiger folgte Kevin ins Dorf. Bald würde die Sonne aufgehen. Lola und Nico kamen mit Decken und Rucksäcken gerade aus der Gästehöhle. Silbertiger brachte ihre Freunde zum Rand des Dorfes. Himmelwolf und Mondwolf begleiteten sie. Lola war den Tränen nahe. Als Silbertiger ihre alte Freundin umarmte, musste Lola bitterlich weinen. Ihr Schluchzen versetzte der Wölfin einen Stich ins Herz. Sie musste schlucken. „Pass gut auf unsere Jungs auf!“, sagte sie.
Lola konnte nur nicken. Tränen liefen ihr übers Gesicht. Silbertiger wollte sie nicht loslassen, doch sie musste. Nun trat Kevin vor. Er tat nicht so traurig, doch Silbertiger wusste, dass es ihm das Herz zerriss. Er kniete sich hin und umarmte sie. Silbertiger ließ eine Art Schnurren aus ihrer Kehle dringen. Sie spürte etwas Nasses in ihrem Fell. Kevin wischte sich ein paar Tränen ab und stand auf. Auch Nico umarmte sie und bedankte sich bei ihr. Dann brachen die drei auf.
Silbertiger hatte das Gefühl, dass ihre Vergangenheit mit ihnen verschwand. Ihre besten Freunde, die ihr immer zur Seite gestanden waren, sie immer unterstützt und ihr geholfen hatten. Ihr war, als breche ihr das Herz. Lola, Kevin und Nico drehten sich noch einmal weinend um und winkten ihrer Freundin zu.
Wenn das Rudel der Grünwaldwölfe in ein neues Revier zog, würden sie sich noch ein letztes Mal sehen. Danach aber nie wieder! Oder vielleicht doch? Wer wusste das schon …

Immerhin hatte der Mond gesagt, dass er ihr später vielleicht doch noch helfen konnte.
Nun begann ein neuer Lebensabschnitt für sie. Als Wolf, als Tier. Auf Silbertigers Lippen erschien ein Lächeln. Sie wusste nicht, wieso, aber das Lächeln wollte nicht mehr verschwinden. Die Zukunft war interessant und vielversprechend. Silbertiger sah dem Sonnenaufgang zu. Ihr Lächeln wurde noch breiter, als sie dachte: „Die letzten Wochen waren nur der Anfang. Jetzt beginnt mein langes Leben als Wolf!"
Und so war es auch. Jetzt begann ihr wirkliches Leben als Wolf!

Giulia Lehner

Giulia Lehner, 2004 in Linz geboren, fing schon früh an Geschichten zu erfinden und auf Papier zu bringen. Mit neun Jahren begann sie mit ihrem Roman „Ein Leben als Wolf". Ihre Begeisterung für Wölfe hat sie dabei inspiriert.

Derzeit besucht sie das Gymnasium Dachsberg in Prambachkirchen und schreibt an der Fortsetzung des Buches.

Giulia wohnt mit ihrer Familie, einem Kater und sechs Schildkröten in Bad Schallerbach